JN045436

Ronso Kaigai
MYSTERY
249

ヒルダ・アダムスの事件簿

M.R.Rinehart
Miss Pinkerton
Adventures of a Nurse Detective

M・R・ラインハート
金井真弓［訳］

論創社

Miss Pinkerton Adventures of a Nurse Detective
1959
by M.R.Rinehart

目次

ヒルダ・アダムスの事件簿

バックルの付いたバッグ

第一章

　わたしは最近、体調を崩してしまった――とりたてて深刻な状態ではない。でも、看護婦なんて仕事はそんなに長く続けるものじゃないし、ここ五年、わたしは二重の意味で緊張にさらされていたのだ。病人の世話は激務の一つにすぎなかった。それじゃ、もう一つは何かって？

　そう、こんなふうに説明すればいいのだろうか。とにかく世の中は人であふれている。人は他人と関わらないわけにいかないし、普通は当然だとか常識だと言われるものからはみ出すことはないし、どれも意識はしない。ドミノの駒をずらりと並べ、いちばん端のものを倒してみよう。するとどうだろう？　次々と倒れる駒のようにいつまでも起き上がれない人間もいる。貧しい人々も同じ状況なのかどうか、よくわからない。どうにか苦境を乗りきるしかないのだろうし、彼らはあまり苦痛を感じないのかもしれない――中には鈍感な人もいるだろう。生活に余裕がない人は精神的な苦痛に割くゆとりなどないのだ。それは良くもあり、悪くもある。貧しい人の過失はだいたいがわかりやすい。原因と結果、動機と悪事がはっきりしている。

　社会の一段低い場所を歩いている人たちの行動は割合に単純だが、社会的地位の高い人々はどうなのか。上流階級の人間も罪を犯すけれど、激情に駆られての犯罪というより、狡猾なものだ。

そんな犯罪を見破るには、暴力や本能に対して知性で応戦するのではなく、頭脳と頭脳の対決が必要だろう。傷つくものがあるとすれば、それは体だ。

犯罪には病気がつきものなのである。必ず病人が出るとは限らないが、ひどくまいってしまう人もいる。壁にはひび割れができるものだ。そんなときに登場するのが、医師や聖職者。彼らはあれこれ考え合わせて事の次第を把握する。医師や聖職者から隠せるものはないだろう。ただ、彼らは秘密を知りはしても、知りたいと思っているわけではない。手に入れた秘密の利用はできないのだ。聖職者は告解の秘密を守る誓いを立てるし、医師には法的な守秘義務があるから、知り得たことの利用は許されない。以前は聖職者と医師という二つの職業の者しか知り得なかった秘密を、今は心のことであれ体のことであれ、いかなる緊急時でも知りうる第三の職業の者がいる――訓練された看護婦だ。

何を言いたいのかわかってもらえるだろうか？　問題は、看護婦に秘密が押しつけられてしまうことだ。看護婦だって犯罪者の秘密なんか知りたくない。本来の任務は患者の体に留意して医師の命令に従い、滋養のある食事を与えることなのに。けれども、よほど愚かでないかぎり、看護婦は患者の家族の秘密をことごとく把握してしまう。その結果、看護婦は悩むことになる。そんなときは自分の能力を用いる。できるだけさっさと秘密から距離を置いてすぐ忘れることにするのだ。そうすれば我が身の安全も秘密の安全も保たれる。聖職者のように誓いを立てはしないし、医師のように法的な立場の問題もないが、看護婦もやはり沈黙を守る。

なぜなら倫理面の問題があるからだ。それが看護婦。でも、わたしの場合は別の面も存在している。犯罪者はあらゆる手段を用いて社会に災いを与える。だったら、社会も犯罪者に対してあらゆる手段を用いてかまわないというのが、わたしの言い分だ。訓練を積んだ看護婦はみな一種のゲームを、ある種のスポーツのようなものをやっている。機知を用いて、卑劣な輩に対抗しているのだ。わたしは二重のゲーム――悲惨な状況と戦うことと、犯罪と戦うこと――をやっているに等しい。二つのチェス盤で同時にチェスをするように。

始めはそれが嫌でたまらなかった。でも、今では事態を完全に掌握している。わたしは犯罪に関心がある。それに、いくつかのことを学んだ。もちろん、新発見というほどのものではないが。一つは、誠実であること。誘惑に負けないためには、幼な子に備わっているような力【訳注：新約聖書のマタイ伝から】を身に着けて強くなるべきだからだ。徳の高い人が極悪非道の輩と手を組む場面がしばしばあることも知った。そして、犯罪界の大物が途方もなく大がかりなことを企てる事実も。

わたしは学ぶ機会を得たし、理解もしている。看護婦とは、人間の本質をよく理解している存在なのだと。看護婦は悪に屈してしまう心や、哀れな状況で明かされた、人の命を銃で奪うゆがんだ動機も心得ている。今なおわたしは、過去を振り返ると胸の痛みを覚える。

五年前、ジョージ・L・パットンはチェリー・ランで、ヘングスト・プレイスという男の強制捜査中に脚を撃たれた。今や民間の大きな機関で所長を務めるパットンだが、当時は郡の刑事で、戸棚に隠れていたヘングストに撃たれたのだ。まあ、それはとりたてて問題にすべきことでもない。でも、とにかくそんなわけでその晩ミスター・パットンは入院する羽目になり、わたしが看護を任されることになった。

ミスター・パットンはごく冷静に現状を受け入れた。ちょうど休暇を取ろうと思っていたんだ、と言って。こんな形で機会が訪れたので、彼は身動き一つせずに十八時間眠り続けた。思い返してみると、その頃のわたしは契約期間が切れるところだったので、看護婦の仕事にけりをつけて、病院の寮を出たあとのことについて計画を立てるつもりでいた。もっとも個人宅で看護婦をするのは気が進まなかった。病院での高揚感にすっかり慣れていたから、活気をもたらしてくれるものが日中の医師の往診で、息抜きといえば近所の散歩くらいの、明かりを抑えた部屋で残りの人生をすごすだけなのかと思うとなんだかぞっとした。

その晩、夕食を出したとき、ミスター・パットンと初めて口論した。彼はスープとトーストをちらっと見るなり、玉ねぎを添えたステーキを頼むと言った。

「すみませんが」わたしは言った。「一日か二日は軽い食事を召し上がっていただくことになっています。脚が熱を持つといけないので」

「脚だと！　脚が腹とどんな関係があるんだ？　ミディアムのステーキが食いたいんだ。なんなら、玉ねぎはなくてもいい」

「お医者さまの命令です」わたしはきっぱりと言った。「よろしければエッグ・カスタードを召し上がってもかまいませんよ。あと、コーンスターチを少々なら」

わたしたちはさんざん言い合い、ミスター・パットンはスープに手をつけた。飲み終わると、彼はわたしを見上げて微笑んだ。

「きみが気に食わない」彼は言った。「でも、たいしたお嬢さんだと言わないわけにはいかないな。命令にどうあっても従う人間はなかなか得がたい。さて、間抜けな医学研修生君《インターン》を呼んでくれ。そうすれば、朝めしにステーキが食えるというものだ」

そう、ミスター・パットンはそのとおりにした。たちまち彼は病院が提供できるありとあらゆるものを手に入れるようになった。言うまでもなく、ミスター・パットンは公僕だったし、病院は州に予算の援助を求めていたからだ。とはいえ、たとえ彼でも、命令しなければわたしから得られるものはなかった。きみが気に食わない、とミスター・パットンは絶えず言っていたけれど、やがて好意を持ってくれたのだろう。なにしろ、わたしはチェスで彼を負かしたのだから。

「優秀な頭脳を持っているんだな、ミス・アダムス」ほぼ治りかけたある日、ミスター・パットンは言った。「これからの人生を、枕カバーの交換《チェンジ》やら、体温計を振《シェイクダウン》ってすごすつもりかい?」

「事務職に就こうと思っているんです。たぶん、看護婦を交替《チェンジ》したり、インターンを脅《シェイクダウン》しつけたりしてね」わたしはいくぶん苦々しさをこめて言った。

「きみは何歳なんだ?　いや、もちろん、公表している年齢でかまわないが」

「二十九歳です」

「家族は?」

「身内は年老いたおばが二人です。田舎にいます」

ミスター・パットンは一、二分黙っていた。それからこう言った。「ずっと考えていたんだが。

あとで話すが、ただ、その前に一つ問題がある――きみが別嬪《べっぴん》すぎることだ」

「別嬪だなんてとんでもない」わたしは真顔で言った。「額が広すぎるんです。つばなし帽をかぶっているみたいで」

「わたしは広い額が好みだよ！」ミスター・パットンは言った。

わたしはエッグノッグを作ってミスター・パットンに持っていった。彼は椅子の背にもたれてグラスを受け取り、こちらを見上げて微笑んだ。ミスター・パットンは感傷的なことなど一度も口にしなかったし、さっきの言葉は四十歳を越えた、回復期にある男性が普通なら言うはずもないものだった。

「つばなし帽なんかじゃないとも」ミスター・パットンは言った。

その日の午後、ミスター・パットンは同じ階に入院している患者についていろいろと知りたがったけれど、当然、わたしは何も教えなかった。いらだたしげに脅すような態度をとられても、動じなかった。

「子どもっぽい真似はやめてください、ミスター・パットン！」とうとう言ってやった。「わたしたちはどの患者さんの情報も漏らしたりしません。知りたいのでしたら、ご自分の部下をここへ寄こせばいいじゃないですか」驚いたことに、ミスター・パットンは声をあげて笑った。

「見上げたお嬢さんだ！」彼は言った。「きみの適性試験結果はAだ。口が堅いし、命令には従うし、ちゃんとした脳みそも持っているからな。きみの額についてはもう言ったよな。さて、提案があるんだが。実は、上流階級の人間に起こったあらゆる災難に関わっているのが、訓練された看護婦だと考えたことはあるかな？」

「原因に関わっているということですか？　それとも結果？」

「もちろん、結果だ。ある家族のありふれた日常が混乱し、強盗が入ったり駆け落ちがあったり殺人が起こったりして病人が出ると、訓練された看護婦が付き添うことになる。そうじゃないかい？」わたしはうなずいた。「人々は緊張状態の中で暮らしている」ミスター・パットンは言葉を続けた。「過度の緊張を強いられると、神経がまいってしまう。そんなときに家族の最下層にいるのはいったい誰だろう？　きみもわたしも答えはわかっている。看護婦がすべて——警察が見落としてしまう、ごく内輪の些細な話、家庭内の口論、心の奥にある動機。そういったもの——を理解しているんだ。部屋に帰ってじっくりと考えてくれないか。決心がついたら、きみに頼みたい事件があるんだ」

　異議を申し立てようとしたけれど、さえぎられてしまった。だから体温計をミスター・パットンの口に突っ込んで、どうにか自分の気持ちを伝えた。

「どうも誠実じゃないような気がするんです」わたしは話を締めくくった。「わたしは秘密を守るべき立場なのに、背くわけでしょう。そうじゃありませんか。看護婦は善のために働くとされています。看護婦の役目は人を改善することです。言っている意味がおわかりでしょうか。家庭に入り込んで秘密をあれこれ覗きまわるなんて……」

　ミスター・パットンは憤然として、いきなり体温計を引き抜いた。

「改善だと！」彼は言った。「世の中に害を及ぼさない場所に犯罪者をぶち込むのは改善じゃないのかね？　そんなふうに思えないなら、きみには用はない。さあ、出ていってよく考えてくれ」

わたしは部屋へ上がり、ものを考えるときによくやるように、姿見の前に立った。たぶん、そうやって自分自身と対話しているのだ。両耳の横に現れた皺を見て言った。「あなたは二十九歳なのよ。もうすぐ三十歳！」どこかの組織の一員として働くことを考えてみた。ささやかな心配事しかない日々の業務や変化に乏しい歳月。心は次第に萎縮し、さまざまな規則にふさわしいものへと変化していくだろう。そうしたあれこれと比べて、ミスター・パットンの提案を検討してみた。

今でもすべてを思い出せる――他人の命令に従うように訓練された従順さの代わりに、自分の頭脳を使うことができる機会を想像して、みるみる紅潮したわたしの顔。冒険への期待。人と知恵を競い合い、おそらく勝利を収められるチャンスだ。新しい看護帽を手に持ち、ミスター・パットンの病室へと下りていった。

「やります！」静かにそう告げた。


二日後、わたしの契約期間は終わった。ミスター・パットンはほぼ回復し、荷造りを手伝っているわたしに指示を与えた。

「ほかの看護婦と同じように行動したまえ」彼は助言した。「看護婦宿舎へ行くんだ。だが、すぐに患者を引き受けないように。疲れているのだから、何日か休養が必要だとでも言い訳するといい。きみに電話するときには、わたしはパットン医師と名乗る――診療の真似事なんかするつもりはないが、念のためだ」

「わたしに頼みたい事件があるとおっしゃっていましたよね」

「あるにはあったが、あまりたいした事件ではないんだ。きみにはそれなりに価値ある仕事を引き受けてもらいたいし、間もなくやってくるはずだ。そのうちに」

「あの……一つだけ言わせてください、ミスター・パットン。わたしは最初の依頼は試験だと考えています。ある家族の秘密を暴くことで自分が害を与え、よくないことをしているとわかったら、この仕事から手を引かせていただきます。同じことを医師がやれば、法的な責任を負うことになるんですよ」

「きみには法的な立場などないだろう」

「倫理的な立場はあるんです」厳しい口調で答えると、ミスター・パットンはどう返事していいかわからないようだった。

とはいえ、彼が出ていく前に言ってくれたことにわたしは元気づけられた。

「知り得た内容をすべて話せというわけではない。捜査中の事件と直接関わりのあることだけを話せばいいんだ」彼は言った。「ほかの看護婦だったら、わたしもそこまでの自由を与えないが、きみは頭がいいし、求められているものがわかるだろうからな」

「暗闇の中では働けません――何を追っているのか、うかがわないと」

「こちらの手の内にあるカードはすべて教えるつもりだ。目隠しした状態でゲームしろなんて、きみを侮辱するつもりはない。それと、覚えておいてほしいんだが、ミス・アダムス——地域の道徳を乱す人間を探って問題を解決する任務は、そう、たとえば脚を撃たれた男の傷を手当てするのと同じくらいに高尚な任務だよ」

二日後、わたしは病院を去り、ミスター・パットンに勧められた看護婦宿舎に落ち着いた。担当させたい事件が起きたら連絡を受けられるよう、秘書に話をつけておくよと彼は言っていた。

わたしはおもしろくもない一週間をすごした。病院の職員から電話があり、介護してほしい患者がいるのだがと頼まれた。わたしは少し休養が必要なんですと断ると、相手はいらだたしげに電話を切った。三日目には、百貨店で腕に掛けていたバッグを持ち手の部分から切られて奪われてしまい、落ち込んで不機嫌になって帰ってきた。

「まったく、たいした探偵よね！」鏡の中の自分に向かって言った。「あなたはミスター・パットンが思っているほど賢くないのよ。誠実な人間なら、彼のところへ行ってそう言いなさい」

ミスター・パットンのもとへ行くべきだったと思う——あまりにも自分が恥ずかしかったのだ。でも、いかなる状況でも、こちらからはミスター・パットンに連絡しないという取り決めがあった。とにかく、わたしは少しも疑いを抱いてなかった。必要が生じたら、彼が連絡をくれることに。バッグの取っ手だけはまだ残っていた。腕にぶら下がっていたのだ。いつだって思い出せるように、取っ手を鏡の枠にしっかりと結びつけた。とびきり難しい事件をいくつか任され、多少は誇りを持ってもいいくらいになった今でも、その革の取っ手を見ると神妙な気持ちになり、再びかつての自分に戻れる。

第二章

予告されてはいたが、わたしが初めてミスター・パットンのために働いた事件は、まったく心構えがないまま始まった。ある晩、秘書のミス・シンから患者を引き受けてくれないかと頼まれた。

「どなたの依頼ですか?」

看護婦宿舎の居間兼事務室で登録一覧表のページをめくっていたミス・シンは、こちらに視線を向けようともしなかった。

「パットン医師という方から電話がありました」彼女は言った。「詳しくはその先生からお話があると思います」

喉が締めつけられたものの、とにかく、ずっと待っていたのはこの知らせだったのだ。

「どんな病気の患者さんかわかりますか?」わたしは尋ねた。「わたしには産婆の心得がないので」

「お産とは関係ありません。今夜八時にタクシーで行ってください」

ミス・シンは大柄で黒髪のやや気難しい女性で、めったに笑わなかった。でも、ちらっとこちらを見上げた目にはおもしろがるようなきらめきが浮かんでいた。突然、彼女に好意を覚えた。わたしが何をするつもりなのか、ミス・シンは明らかに知っていて理解があるようだった。とはいえ、彼女は職務にとても忠実な人間だった。制服をきちんと着ていなかったり、患者の噂話をしたり、医師と映画に出かけたり、手抜きしたりする看護婦には厳しく当たるに違いない。しかし、ミス・シンはわたしには寛大だった――寛大という以上の態度だった。登録一覧表のわたしの名に「就業中」と記入するミス・シンの広い背中が震えていたので、かなりの興味と好奇心を抱いてくれたのだろうとなぜか確信した。おかげで自信が湧いてきた。

その晩の八時、わたしはスーツケースを持って階下へ行き、タクシーを呼んだ。ミスター・パットンからは何の連絡もなく、向かう先の名前と住所しか知らなかった。名前は――G・W・マーチと呼ぶことにしよう。もちろん、本名ではない。名前を言えば、たちまち誰のことかわかってしまうだろう。住所は公園に面した通りで――高級住宅地だとわたしでも知っている所だった――旧家や相当な財産を所有する家族が住み、伝統を感じさせる場所だ。どう見ても犯罪など起きそうにない地域だった。

タクシーの到着を待つ間、新たな活動に光明を見出すものでもないかと新聞に目を通した。特筆すべきことはなく、ジョージ・W・マーチ夫妻が数日前に、所有するメイン州の海辺の別荘から町に戻ってきたという記事ぐらいしか目に留まらなかった。

泥棒が入ったようだった。なんとなくがっかりした。五分のうちにわたしはすべてを把握した――ミセス・マーチが衰弱して寝込んでいること、絵画だか宝石だかが盗まれたこと、屋敷にいるのは信頼できる使用人ばかりであること。どうやらアルコール消毒をしたり鎮静剤のブロム剤を飲ませたりする間に謎を解くことになりそうだ。気の進まない仕事だったが、やらなければ自分を恥じることになるだろう。途中でやめるような人間じゃないでしょう、と自分に厳しく言い聞かせ、タクシーに乗った。

けれども、マーチ家の事件は強盗事件ではなかった。厳密には、犯罪があったともいえないものだった。ある女性の失踪と関る、ある意味驚くべき謎が秘められていたのだ――動機もなしに事件が起こったと長らく思われていたため、なおさら困惑させられた。どのように最終的に動機を突き止めたのか、どうやってブリックヤード・ロードにいる一家を探し出してバックルの付いたバッグの謎を解決したのか、黒いボンネットをかぶった小柄な老女の身元をいかに特定したのか、彼女と庭のドアとのつながりは何だったのか――すべてはわたしの最初の事件簿に記されている。

今、例のバックル付きのバッグはわたしの机の上にある。色褪せた茶色の、みすぼらしくて風変わりな古いバッグは八インチほどにぱんぱんに膨れている。ミスター・パットンが発見したときの物が入ったままだ。Jのイニシャル入りの木綿のハンカチが一枚、鍵が二本――一本は玄関の鍵で、もう一本は平べったい鍵。厚手のラベンダー色の封筒に入った殴り書きのメモ。安売りの毛布についての新聞の切り抜き。

一カ月の間、新聞の切り抜きを何度となく調べても、その裏にある重要性をさっぱりつかめなかったことはかなり胸の痛む思い出の一つだ。誰の心にも盲点はある。わたしの盲点はその切り抜きだった。

クレア・マーチの失踪。それがわたしの担当する事件だった。クレアを発見すること、または彼女を見つける手助けをすることが初めての任務だったのだ。のちに、この任務はもっと複雑なものとなった。暗闇で働くことはないという取り決めをミスター・パットンが破るとは思っていなかったし、わたしの確信は正しかった。タクシーが最初の曲がり角まで来たとき、ミスター・パットンが車を止めて乗り込んできたのだ。

「上々の仕事っぷりだよ！」ミスター・パットンは言った。「きみは信頼の置ける人間だな、ミス・アダムス」

「むしろ、怯えている人間と言ったほうがよろしいんじゃないですか」

「ばかなことを！　自分をたいした人間じゃないなんて考えてはだめだ。事件のことをあまり深刻に考えてもいけない。できる限りのことをしたまえ――『天使でもこれ以上のことはできない』という諺じゃないが、最善を尽くすんだ」

「何か盗まれたのですか？」

「娘のちょっとした品物がね。奇妙なんだよ、ミス・アダムス。まずはその話をしよう」ミスター・パットンはゆっくり走ってくれと運転手に命じた。「向こうへ八時半に着くように調整してほしい」彼は言った。「さて、ミス・アダムス、経緯を説明しよう。これからジョージ・マーチの屋敷へ行く。名前は知っているだろう、彼は銀行家で、担当する患者はミセス・マーチだ。夫人は病気ではない。ヒステリーを起こして怯えているだけだ。扱いにくい患者ではないよ」

「これほど難しい患者もありませんね」

「とにかく、きみは仕事が好きなんだろう」ミスター・パットンは陽気な口調で言った。「マーチ一家は四カ月間、町を離れていた。一カ月前までは夫妻の娘のクレアも一緒だった。一カ月前の九月三日にマーチ夫妻の一人娘、二十歳のクレアはメイン州の田舎から自宅へ向かった。田舎にメイドを残して一人で旅立ったんだ。町にある屋敷には、家政婦と二人のメイドが夏中、滞在していた。四日の朝の食事どきにはクレアが屋敷に現れるものと思われていた。だが、到着しなかった。というより、そもそもクレアは自宅へ向かってなかったのだ。町には無事に到着していた。我々は彼女の足取りをたどり、列車に乗ったことと、降りたことは確かめた――わかったのはそれぐらいだ。その後、誰もクレアの姿を見ていない」

「もしかしたら、駆け落ちしたのかもしれません」

「あり得なくはない。しかし、クレアの婚約者は町にいて、気が狂わんばかりになっている。それに、今話したこと以上の事実があるんだ。クレアが駅からタクシーに乗ったことがわかっている。乗る前に金髪の若い男と会って小さな包みを受け取ったことも。男はかなりみすぼらしい格好だったらしい。声を荒らげることはなかったが、クレアとその男は何か言い争っていたようだ。クレアが乗ったタクシーは突き止めた。それと、本を二冊買った店も――ブラウニングの詩集と最新の小説を買ったそうだ。クレアは本屋から百貨店へ行き、そこでタクシーを乗り捨てた。彼女の足取りを本屋から百貨店まで追って、毛布を二枚買ったことがわかった。毛布は大きな包みだったが、クレアは自分で持っていったそうだよ。そこからあとはクレアの行先はまったくわからない」

「それが九月三日のことで、今日が十月五日――五週間近く経っているじゃありませんか！」

「そのとおりだ」ミスター・パットンはにこりともせずに言った。「だから、きみに行ってもらうことにしたんだ。ひと通りの手段はすべて試した。町の隅々まで調べたが、調査はまるで進んでいない。もし、世間を騒がせれば、いくらかチャンスがあるかもしれない。一般大衆に事情を知らせる――それが情報を集める方法だ。だが、何の価値もない手がかりを山ほど獲得したところで、役に立つものなんか見つかるまい。それに、大衆がどんなふうなのか知っているだろう。尋ね人の広告などには鼻もひっかけない。で、こんな意見を述べるだけだ。失踪した女が死んでるなら、情報公開なんかしても無駄だ。生きていたら、情報を公開されれば迷惑だろう、とね」

わたしは漠然とした失望感を味わっていた。この三十分、やる気が最高潮に達していたのに。実を言えば、腹が立っていた。血生臭い犯罪事件しか思い浮かべていなかったのだ。殺人事件よりも穏やかな事件なんか、これっぽっちも考えていなかった。

「わたしがどんな役に立つのかわかりません」軽く憤慨した口調で言ってやった。「五週間も経ったのに何もわかってないんでしょう」話を続けた。「それに、クレアの立場に立ってどんなことが起こったのか想像しろとか、彼女の心の動きをたどってみろなんて言われても、無理です。暇を持て余した裕福な二十歳の女性なんて、想像もできない。路面電車に乗ればいいのに、タクシーを使うなんて想像もつかないし、自分付きのメイドなんて……」

ミスター・パットンはわたしの腕に手を置いた。

「ミシシッピの小型蒸気船に関するリンカーンの逸話を聞いたことがあるかい？　あまりにもやかましい汽笛がついていたので、鳴らすたびに船が止まったという蒸気船の……聞いたことがないのか？　いや、まあいい。きみにクレアの立場で考えてほしいとは思っていないよ。屋敷内にちょっとした協力者がほしいだけなんだ。今回の事件の裏には奇妙な話があるんだ、ミス・アダムス。我々はまだその表面を引っかいた程度にすぎない。屋敷に入り込んでマーチ家の信頼を得てほしいんだ。彼らはわたしにはたいして話してくれない。一家のプライドってものがあるからな。クレアの母親に話をさせるんだ。夫人の問題はそこなんだよ――家族のプライドがあって感情を抑え込むことだ。わたしは夫人の問題に近づくことができない。五週間経っても、相変わらずミセス・マーチにはミスター・ペイトンと呼ばれているんだから」ミスター・パットンは悲しそうに微笑んだ。

「クレアは毛布を買ったんですよね！　なんだか妙じゃありませんか？」

「状況を考えれば、ばかげていると言っていい。きみは二十歳の自分とかを想像できないかもしれないが、毛布に関してはちゃんと頭を働かせているじゃないか。もしクレアが連発拳銃《リボルバー》を買ったなら、今頃は……しかし、買ったのは毛布なんだ！」

「クレアは婚約中だったという話でしたね？　ほかに男性がいたのでしょうか？――つまり、彼女に好意を持っていた男性ですが」

「半ダースはいたに違いない――すべて調べはついている」

「ノイローゼの兆候のある人はいましたか？」

「その半ダースの男どもの中にか？　ああ、いただろう。クレアが婚約を発表したときには。だが、クレアにはノイローゼの傾向がなかったと思うよ。むしろ彼女は気まぐれだった。写真を見ると、魅力的で甘やかされた娘といった感じだ。大切に思ってきた男と婚約中なんだ。なのに、神の祝福ばかり受けていたはずのクレアは消えてしまった」

わたしは考え込んでいた。タクシーは今、公園のまわりを走っている。もうすぐ目的地に着くだろう。

「クレアは死んでいるのかもしれません」とうとうわたしは言った。

「そうだ、死んでいるかもな」

ミスター・パットンは運転手に車を止めろと命じ、すばやくわたしと握手して降りた。

「さあ、頑張りたまえ！」ミスター・パットンは言った。「毎晩七時から八時の間に外の空気を吸いに出るんだ。それから、目をしっかり見開いていてくれ。きみはこの事件をうまくやり遂げられる予感がするよ。ビギナーズ・ラックって奴でな」

時代がかったマーチ家の屋敷は、なかなか堂々とした建物だった。二階に客間がない代わりに、一階の廊下から出入りする大広間があった。大広間の向こうは音楽室で、さらに奥の部屋が書斎になっている。

一階の最も奥には食事室があり、屋敷内でいちばん広い部屋だった。建物の横幅と同じなのだ。食事室の大きな出窓からは庭が眺められた。背の高い植物をいくつも置いて仕切った出窓スペースには小テーブルがしつらえられ、家族が朝食をとったり、一人きりで食事をとったりすることができるようになっていた。

絨毯を敷いていない長い階段が二階へ続いている。最初の夜、当然のことながらわたしは屋敷の特徴を大まかにしかつかんでいなかった。しんとして、重苦しいほど非の打ちどころのない家。書斎で話している二人の男がちらっと目に入った――一人は中年でかなり恰幅がよく、もう一人はもう少し若かった。不安な気配のする静寂にあらゆるものが包まれていた。誕生と死と重大な問題を伴った静けさ。

部屋付きのメイドが屋敷に入れてくれ、二階にある、わたしのものとなる部屋に案内してくれた。

「お召し替えがお済みになりましたら、だんなさまが書斎でお会いになりたいそうです」メイドは言った。

わたしは手早く制服に着替えた――言うまでもなく白一色の服に、ゴム底の白い靴を履いた。着慣れた服を身に着けると、再び自分を取り戻せた。どんなものにも立ち向かえるし、何でもやれそうだ。服には不思議な力がある。

ミスター・マーチはドアのそばへ来たわたしの足音に気づいて振り返り、立ち上がった。

「ミス・アダムスと申します。看護婦です」わたしは言った。「わたしにご用があるようですが?」

「入ってくれたまえ、ミス・アダムス。こちらはミスター・プラマーだ。家内には会ったかな？」

「いいえ。まずはだんなさまにご挨拶したほうがいいと思いまして」

「それはよかった。とりあえずあなたに話しておくべきだろう――我々は大変な苦境に陥っているのだよ、ミス・アダムス。我々の、たった一人の娘がどこかへ行ってしまった。いなくなったのだ。一カ月以上になる、あれから……」ミスター・マーチは口ごもった。

「本当に恐ろしいことです」わたしは言った。ミスター・マーチの顔には好感が持てた。

「絶対にこのことは漏れないようにしたいのだ。言うまでもないが、家内はひどくまいっている。どうにか家内を落ち着かせてもらいたい。できるだけ陽気に明るく振る舞ってくれないか。その意味はわかると思う。家内はクレアの話をするはずだ――つまり、ミス・マーチのことを。できれば家内を安心させてほしい。娘はまもなく見つかるはずだと、確信を持って言ってやってくれ」

「できるだけのことはいたします。お医者さまからはほかに指示がございましたか？」

「とくにはない。家内をなだめなければならないんだ。たしか、鎮静剤のブロム剤があったと思う。家内付きのメイドが医師の指示を受けているはずだ」

心配でたまらないらしい二人の男を一瞥したけれど、何も得られなかった。静まり返って整然とした屋敷の中で、どちらの紳士も心からの苦悩の表情をしており、緊張でぴりぴりしていた。ミスター・パットンの見解では、情報はあまりないようだった。ミスター・マーチはわたしに続いて廊下へ出てきた。「必要なものがあれば知らせてくれたまえ、ミス・アダムス。使用人たちに言ってくれてもいいが」

「あとでお話ししたほうがよろしいかと存じます。今夜は、とにかく今夜は初めての夜なので、起きていたほうがよろしいかと。軽食をお願いできないでしょうか。火を使わないものをトレイに用意していただければ」

「二階へ持っていかせるかね？」

わたしはためらった。書斎のテーブルには銀のフレームに入った写真があった——おそらく行方不明になった娘の写真だろう。あれを見たかった。「階下へ下りたほうが、気分転換になるでしょう」

「わかった」ミスター・マーチは言った。「食事室に夕食の残りがあるだろう。出窓のところに小テーブルがある。そこで食事すれば、食事室よりも快適なはずだ。あまり寂しく感じなくて済む」

「ありがとうございます」わたしは応え、階段を上ろうと向きを変えると、書斎の中がちらっと見えた。写真は思ったとおりだった。ミスター・プラマーが取り上げてじっと見入っている。例の婚約者はミスター・プラマーに違いない。男らしい顔立ちで、背は高くないけれどもがっしりして頼りになりそうだった。頭がよさそうだし、きまじめなまなざしをしていた。

患者はベッドにいた。フリルのついたベッドジャケットを羽織った小柄できれいな女性で、傍らにあるピンク色の明かりに照らされている。彼女は神経質そうな手を差し出した。

「ずいぶんと頼もしそうで強そうで、仕事ができそうな方ですのね！」ミセス・マーチは言い、実に思いがけないことにいきなり泣きだした。大変な夜になりそうだった。ミセス・マーチはすっかり取り乱している。きっとベッドの横にすぐさまわたしを座らせ、悩みとやらを聞かせるに違いない。実際、そのとおりになった。

「あの子がこんなふうに行方をくらまして、わたくしを置き去りにするはずないのよ！」一度ならず夫人はそう言った。「あの子を知っていたならね、ミス・アダムス。とてもしっかりして意志が強くて、才能に恵まれているのよ！　きれいだし――新聞の写真を見たことはあって？」

わたしは答えを避けた。社交欄は読まないのだと言って。

「それに、お幸せだったんですよね？」わたしは言った。「お嬢さまはとてもお幸せだったに違いありません」

ミセス・マーチのいくぶん子どもっぽい顔に変化が現れた。

「もちろん、あの子が幸せだとわたくしたちは思っておりました。でも、近頃は――寝ている間にいろいろなことを思い出しました。夏の間クレアはずっととても妙でした。不機嫌なときがあったかと思うと、今度は陽気になったりして、わたくしは驚いたものです」

「おそらく、ミスター・プラマーがいらっしゃるときは陽気で、お帰りになったときは不機嫌だったのでしょうね」

「でも、あの青年はここにいなかったの。それもまたおかしな話なんですのよ、ミス・アダムス。クレアはウォルターを二階へ上げさせなかったの。あの子は――あの子は夏中、彼を避け続けていました。主人がそのことを刑事さんに話さなかったなんて信じられない。主人はいろんなことを忘れてしまうのよ」

　ミセス・マーチはわたしに電話をかけてほしかったようだった。この情報をすぐさま警察に伝えてほしいと言ったのだが、わたしは待つようにと説き伏せた。ミセス・マーチの体をアルコールで拭き、温めたミルクを一杯飲ませたけれど、効果がないとわかったので、化粧台にあった電動マッサージ器を背骨に沿って上下に滑らせてマッサージをしてあげた。施術のおかげで彼女はようやくリラックスし、顔もマッサージしてほしいと頼んだ。

「わたくしは心配ばかりしている老いた女なのよ」ミセス・マーチはわびるように言った。「マッサージ器を顔に使ったら、筋肉を痛めてしまうかしら？　最初にコールドクリームを少し顔に塗っていただけない？」

　希望どおりにしてあげると、ややあってミセス・マーチは眠ってしまった。わたしは休めるのがうれしかった。夫人のベッド脇にいた二時間、矛盾した情報の断片がいくつも集まった。そうした情報を考える時間がほしかったのだ。その晩、ノートに記録することにした。

〈Cは九月三日から行方不明。今日は十月五日――三十二日経っている〉

〈夏の間ずっと不機嫌――ミスター・プラマーに会おうとしないが、毎日のように手紙は書いていた〉

〈彼女はかつてウィルソン・ペイジという男性と婚約していたが、破棄してしまった。別れた原因は不明。当時、Cはかなり心を痛めていた。覚え書き――P氏にウィルソン・ペイジについて調べてもらうこと〉

〈Cは普段、感情を表に出さないが、母親に別れを告げたときはやや動揺した様子だった。両親が知らない何かを計画していたのか？〉

〈しかし、失踪するつもりだったら、Cが洋裁師や帽子職人に細かな指示を出していたのはなぜか？　彼女はまわりが思っているよりもわるがしこいのか？　それとも突然、失踪を決意したのか？〉

〈彼女はつねに携帯していた宝石箱を忘れていった。ごく一部の宝石だけを持っていったことがわかっている。出奔《しゅっぽん》したときは、ミスター・プラマーから贈られたサファイアの指輪しか身に着けていなかった。現金は百ドル足らず〉

〈ウィルソン・ペイジが謎。駅で彼女と会った男は痩せていて金髪だった〉

〈Cの写真が母親の化粧台に置かれている。魅力的な顔立ちだ。瞳は黒く、しっかりした感じだが、やや物思いに沈んでいる雰囲気。考え深げな表情。彼女は生きているのか、亡くなったのか？　自分の意志で出ていったのか、おびき出されたのか？　もし、自発的に出ていったのなら、その理由は？〉

　わたしは患者が穏やかに眠っている立派な部屋を見回した。ミセス・マーチのいらだたしげだった顔は緊張が解けて柔いでいた。わたしは廊下の向こうのクレアの部屋にちらと視線を向けた。毎晩、明かりはつけられている。化粧台にはイニシャルの彫られた象牙の櫛や手鏡があった。若い女なら誰もが欲しがるようなあらゆる贅沢品がクレアのために集められている。クレアの写真を食い入るように見つめていた階下で出会った男性の表情を思い出した――父親の目に浮かんでいた悲劇的な表情も。クレアはどうして姿を消したのだろう。失踪した理由は何なのか？　彼女はどのようにして、そしてなぜ、いなくなってしまったのか？

第三章

マーチ家での最初の夜のことは、不愉快で少し不可解な出来事が起こったせいでよく覚えている。わたしは患者を落ち着かせて眠らせ、十一時前に主治医と電話で話した。

「できることはあまりありませんな」医師は言った。「朝にはそちらへ行きます。患者をくつろがせて居心地よくしてあげてください。彼女には話し相手が必要だ。好きなだけ話をさせてあげることです」

わたしは患者が寝ている部屋を暗くしてドアの外の廊下に衝立を立ててその横に座り心地のいい椅子と覆いをかけたランプを置いた。少なくとも今夜は寝ないでおこうと決めたのだ。神経を使わなければならない患者を受け持ったことは前にもあった。ミセス・マーチは朝までに何度か目を覚ますだろうし、誰かが起きて見守ってくれることがわかれば安心するだろう。

真夜中にわたしは看護帽を脱いで髪をほどき、制服の襟元を緩めた。襟を内側へ折り込むと、かなり楽になった。何か食べるにはまだ早すぎる。書斎から本を借りてきて読んだ。

二時になり、ミセス・マーチがまだぐっすり眠っていたので、夜食をとることにした。できるだけ音をたてないように階下へそろそろと下りていった。音楽室のドア付近の一階の廊下に英国製のホールランプが、奥の食事室の壁掛けブラケットに蠟燭が灯っていたおかげで、何がどこにあるのかはすぐにわかった。

ゴム底の靴を履いていたから、歩いてもほとんど音はしなかった。廊下を進んで奥の食事室に入った。前にも言ったとおりとても広い部屋で、オーク材の羽目板が張られ、どっしりとした暖炉がしつらえられ、その上にタペストリーが飾ってある。部屋の一隅の大きく張り出した出窓の横には両開きのガラス扉《フレンチドア》があり、薄手のカーテンがかかっていた。どうやら庭に通じているようだ。

自分が慎重に動いていたことを覚えている。暖炉のところへ行って上方を見た。使う予定の小テーブルを照らす明かりのスイッチを見つけたおかげで、食事が楽しくなりそうだった。鉢植えの椰子や生い茂った西洋夾竹桃で区切られた出窓のスペースは暗く、こんな時間にはあまり心をそそられない場所だったのだ。ことさら音を殺していたわけではなかったが、必要以上に物音をたてないというのはこれまでの訓練の成果だっただろう。

かつて、年輩の看護婦に言われたことがある。「患者の家で看護婦を勤めるときは絶対、夜食にこだわらなくてはだめよ。料理人が用意するのはだいたい、オレンジにミルクくらいだから。ある程度の食事になるよう、料理人に言わないと。冷肉とサンドイッチくらいは出してほしいと言い張るのよ。そして、アルコールランプで沸かすコーヒーポットがあったら、料理人に用意させなさい。朝方の三時のコーヒーくらい心強い味方はないんだから。その次に必要なのは膝に掛けるショールね」

そんな言葉を思い出してにっこりしながら、出窓のスペースに入っていき、小テーブルに腰かけた。心は本当に穏やかだったし、この事件に俄然興味が湧き始めていた。トレイが用意してあった。アルコールランプ用の小さなコーヒーポットもあり、横にはマッチ箱が置いてある。

明かりをつけ、トレイをしげしげと眺めた。ここの料理人はわたしの前任者の看護婦にしっかりとしつけられたらしい。チキンにサラダ、黒パンと果物が並んでいた。コーヒーを沸かしながらゆっくりと食べた――二階にいる患者から音がしないかと耳を澄ましつつ、ときどき庭のほうへ目をやりながら。遅い時間の月が窓の下の煉瓦造りのテラスを照らし、そこから降りる三段の石段の先には整然としたデザインの花壇と小道があった。セメント製の円形部分は夏にプールとして利用されるに違いない。しかし、なぜか庭は薄気味悪かった――灌木が揺れ、微風の中に腕を伸ばしているかのようだ。部屋の隅に座るわたしは外から丸見えだろう。食事を終えてコーヒーができるのを待つばかりになると、立ち上がって頭上の明かりを消した。

まだ立っていたわたしは次の瞬間、一本の手を目にした。手は階段の手すりを下りてきた。ゆっくりした動きで手すりをきつくつかんでいる。最初に見えたとき、手は遠く音楽室のそばにあったが、だんだん下りてきた。妙にこそこそしていた。だからわたしは、西洋夾竹桃の後ろに身を隠すことにしたのだ。病人がいて問題が起きている家なら、夜中に歩きまわる人間がいてもおかしくない。とはいえ……。

階段のいちばん下まで来ると、まだ手すりにあった手はためらいを見せ、そして消えた。と思うと、螺旋階段の親柱を回って、黒衣に身を包んだ老女が現れた。軽く足を引きずっているが、それ以外の身のこなしはすばやかった。細かい一つ一つの出来事がわたしの脳裡に刻み込まれた。今でもその老女の姿が目に見えるようだ。前かがみでこちらへやってくる彼女の流行遅れのボンネットについた黒い玉が、かすかな明かりを受けて光った。風変わりなゆったりした黒のケープ——ドルマンと呼ばれるものだろう——をまとって、腕には古ぼけた革のバッグをぶら下げていた。

人目をはばかる様子なのに、ごく自然に振る舞っていた。食事室のドアから中に入ると、彼女は立ち止まり、眼鏡を外してケースに入れた。それをバッグに突っ込むと、ほかのケースを取り出して別の眼鏡をかけた。珍しい型のバッグは二本の紐と鋼鉄製のバックルで閉まるようになっていた。バックルが扱いにくいらしく、老女は焦っていた。たびたび彼女は後ろを振り返った。

わたしは老女が気づくのを待ち構えていた。彼女は年老いた使用人で、二階の夫人が呼んでいることを伝えにきてくれたのだろう。そうに違いないと思ったから、わたしは身を乗り出してアルコールランプを消した。腰を伸ばしたとき、老女は出窓のスペースを通り過ぎて庭へ通じるフレンチドアの所にいた。そしてドアを開け、音をたてずに後ろ手で閉めて立ち去った。庭に彼女の姿を探したけれど、暗闇に紛れて見えなくなった。

そのときでさえ、わたしは不可解には思わず、なんとなくおもしろがっていた。フレンチドアの取っ手を回した。鍵がかかっている。鍵がなければ、老女は入れないわけだ。

わたしはコーヒーを飲んで二階へ行った。患者はまだ眠っていた。ミスター・マーチの部屋からは重々しくて深い息遣いが聞こえ、少なくとも今は彼も心配事を忘れていると察しがついた。

ところが、廊下の椅子の上に置いたわたしの本がない！

なんだかばかばかしくなりつつも、さっき持っていっただろうと考えて食事室を探したが、成果はなかった。本は見つからなかったのだ。小柄で年老いた家政婦――か、どうかはわからないけれど――の仕業かと思ったが、それもばかばかしかった。だって、彼女は本など持っていなかったはずなのだ。腕に黒革のバッグを掛けていたっけ。本をバッグに入れたのかも……なんてばかげたことを考えているのだろう！　本はどこかにあるに違いない。物を置きっぱなしにして見失うことは誰にだってある。見つかることもあれば、見つからない場合もある――たぶん、四次元の世界にでも行ってしまうのだろう。


ミスター・パットンがあらかじめ手筈を整えてくれたとおりに、翌晩わたしは彼に会った。ミスター・パットンとともに足並みを合わせて歩いた。

「どんな調子かい？」彼は尋ねた。

「わたしは一流のご婦人付きメイドになりつつありますね」そう言った。自分が怯えていることに少しいらだっていた。「マッサージをして、マニキュアを施し、頭皮の手入れをして、陽気に見えるようにと努力して作り笑いを浮かべているんです。どうやら試験は落第のようですね、ミスター・パットン。わたしは看護婦らしい仕事をしていません。本物の病人がいませんし、何の役にも立っていません。それに、ぞっとするほど上品な屋敷の雰囲気にまいってしまって。もしも二十歳だったら、迷わず逃げ出したでしょうね。埃がたまっていたり、場違いだったりするものは一つもないんですけど。ドアが音をたてて閉められることなどないし。空気を変えるために窓を開けるときは、埃が入らないように、ガーゼの幕を張った枠を取り付けるんです！」

「ともあれ、母親は何か話をしたかい？」

「しゃべり続けています、自分のことばかり。もちろん、少しはわかったこともありました。どうやら娘さんはふさぎ込んでいたようで、この夏は婚約者のミスター・プラマーを家に招き入れなかったそうです。何か問題があったようですが、誰にも打ち明けなかったとか。家族関係は悪くなかったように思われます。クレアはみんなにかわいがられていましたから」

「屋敷を出入りする人間は多かったのかい？　クレアが駅で会ったという男とそっくりな者はいたのか？　明るい髪をしていた奴だが」

わたしはじっくりと考えた。

「いなかったはずです」

「クレアと母親はうまくいっていたのか？」

「うまくいっていたと思います。いつも一緒だったみたいで」

「クレアには別の恋愛沙汰があったのかい？」

「ええ、前に一度、婚約していたそうです。ウィルソン・ペイジとかいう人と。クレアのほうから婚約を破棄したそうですけど」

ミスター・パットンはそのことに興味を持ったようだった。ミスター・ペイジを探してみると彼は言った。

「それと、短気は禁物だ」ミスター・パットンは助言した。わたしたちがあたりを一周すると、マーチ家の屋敷が見えてきた。「ときには長期にわたる事件もある。だが、時間が長くかかればかかるほど、娘が生きていると確信できる。殺人というものは露見するんだ。麻疹のように一定の型がある。しかし、隠れていたい女を相手にする場合、彼女が賢ければ、居場所を突き止めるのは難しいだろう。屋敷には使用人が何人いるんだ？」

「七人だと思います」

「彼らから目を離さないでくれ。もし、おしゃべりな使用人がいたら、話を聞いておきたまえ。使用人は家族の誰よりも家族のことを知っているものだからな」

そう聞いて、わたしはあの奇妙な老女の件を思い出し、話した。ミスター・パットンは途中でさえぎることなく耳を傾けてくれた。

「老人というが、何歳くらいだ？」

「七十歳くらいですね。猫背で軽く足を引きずっていましたが、かなり元気に動いていました」

「見たのは確かなのか？　居眠りしていたんじゃないのか？」

「そのときコーヒーを温めていました。眠っていてそんなことをするわけありません。あれは料理人だと思います。まだ会っていない使用人は料理人だけですから。それに居眠りとおっしゃいますけど、紐とバックルの付いたハンドバッグの夢なんて見るでしょうか？」

ミスター・パットンは芝居っ気たっぷりに手をわたしの腕に載せた。

「きみも興味を引かれるかもしれないが」彼は言った。「料理人は若い女なんだよ。わたしは彼女に聞き込みをしている。きみが今言ったような人物はあの屋敷にはいない！」

「でも、なぜ、午前三時に……」

「まさにそこだ」ミスター・パットンはにこりともせずに言った。「なぜなのか？　それを明らかにしなければならないんだ」

ミスター・パットンは例の老女の特徴と、彼女が食事室からフレンチドアを通って庭へ出ていった話を注意深く聞いていた。彼にしては珍しく興奮していたし、やや勝ち誇ったように見えた。

「さて、きみを屋敷へ送り込んだのは間違いだったかな？」ミスター・パットンは質問した。

「もちろん、違う！　次は、その老女を探し出すことだ。きみは屋敷にいて力になってくれ。老女の話を家族にしたまえ。みんなに考えてもらって、見当をつけさせるんだ。たちまち彼女が誰なのかを思い出すかもしれない。こういう仕事では、しばしば直接的な方法を取るんだ。そうすれば時間の節約になる」

曲がり角でミスター・パットンと別れ、わたしは一人で歩き続けた。もうすぐ到着というとき、一人の男が屋敷の階段を駆け下りてきてあわてて姿を消した。メイドが玄関ドアを閉めようしていた。

「今の紳士はわたしを訪ねてきたのかしら、ミミ？」そう尋ねた。「兄が来る予定なのだけれど」

わたしもコツをのみ込んできたわね！

「いいえ。お嬢さまを訪ねてこられたのです」メイドは目を大きく見開き、興奮していた。「ここにはいらっしゃいませんと申し上げたら、急いで階段を下りていかれました」

「兄はね」わたしは食い下がった。「背が低くて髪が黒いの。もしかして……」

「あの方はお嬢さまを訪ねてこられました」メイドは繰り返した。「それに、痩せていて髪は明るい色です」メイドは振り返り、家族の誰かに聞かれていないかと確かめた。「前にもいらしたことがあるんですよ」メイドは打ち明けて声をひそめた。「先週二回。あの方はお嬢さまのご友人ではありません。わかります。今夜はこんなものを置いていきました」

メイドは玄関ホールのテーブルに置いたトレイを指さした。手紙があり、表にはこう記されていた。「ミス・クレア・マーチ。重要事項」

「わたしが奥さまにお届けするわ、ミミ」わたしは言った。「それから、もしさっきの人がまた来たら、中にお通ししてわたしを呼んで」

「あなたを呼ぶのですか?」

「わたしを呼ぶのよ」穏やかに答えた。「お嬢さまに会いたいとあの人が言ったら、黙ってお通しして。そしてわたしを呼んでちょうだい。あの男の人に会いたいと奥さまから頼まれているのよ」

わたしは手紙を持って二階へ上がったが、ミセス・マーチにすぐ渡したわけではなかった。その晩、コーヒーを沸かしているときに出た湯気で手紙を開封し、中を読んだ。淡いラベンダー色の便箋にこう書いてあった。

〈すぐに会いたい。あの場所に来てくれ。ひどいことになっているんだ。長引かせないでくれ!こちらは生きるか死ぬかなんだ!〉

綴りの間違いも含めて手紙を注意深く写し取り、再び封を閉じた。その晩、ミスター・マーチは外出していた。ある娘が病院で発見されたのだ。ミスター・マーチはそうした情報にはかない望みをかけては、そのたびに前よりも悲しみが増え、白髪が多くなったような様子で戻ってくるのだった。

翌朝、ミセス・マーチはいつになく手を焼かせた。明け方に泣きながら目を覚ましたので、そばへ行った。わたしはベッドの足元のソファで眠っていたのだ。ミセス・マーチは灰色の夜明けの中で怯えたように起き上がっていた。クレアが自分を必要としていると言ってむせび泣き、彼女の名を呼んでいた。娘の声をはっきり聞いたのだと言った。

「夢の中で聞いた声を信じているんですか！」わたしは手厳しく言った。

「いいえ、夢の中じゃなかったのよ」ミセス・マーチは繰り返した。まだ顔は青ざめている。「だってね、ミス・アダムス、起きているときに聞こえないものが、眠っているときに聞けるんじゃない？　ほら、わかるでしょう。無意識がどうとかいう」

「ばかげていますよ」わたしは言い、熱い紅茶を飲ませて夫人を現実に引き戻した。

その朝、ミスター・マーチに例の手紙を渡した。朝食をとっていたときだったが、いつものように商業地区にあるオフィスへ行く途中でミスター・プラマーが立ち寄っていた。ミスター・マーチは手紙を読むと、何も言わずにミスター・プラマーに手渡した。年若いミスター・プラマーはミスター・マーチほど落ち着いた態度はできなかった。たちまち顔色が変わったのだ。

「これを持ってきたのは誰なんだ？」ミスター・プラマーは詰問した。

「ミミが受け取ったんです。痩せ形で金髪の若い男性が持ってきたそうです」

ミミが呼ばれたが、わたしが話した以上のことは知らなかった。とはいえ、一つわかったことがあった。例の男はミミを押しのけて屋敷に入ろうとし、ミス・マーチがいるはずだと言い張ったらしいのだ。ミミは下がっていいと言われた。どうやらわたしの前で話すのはミスター・マーチたちもかまわないようだ。

「ずいぶんおかしな話ですね」ミスター・プラマーは言った。「パットンはこれを調べるべきじゃないか。でも、たいして役には立ちそうにない。手紙を書いたのが誰にせよ、知らなかったんですからね、クレアが家にいないことを」

「痩せ形で金髪か！」ミスター・マーチは繰り返した。「それはパットンが言っていたウォルター——駅にいたという男じゃないかな？」

「パットンはバカ者ですよ！」

金髪の男のことを考えるのはミスター・プラマーにとってはなはだ不愉快らしい。不機嫌と言ってもいい態度だった。

わたしたちは出窓スペースの小さな朝食用テーブルについていた。あの小柄な老女の話題を持ち出すのにいい頃合いだと思った。わたしが見た場所にあの老女がいる権利はあったのではないかという疑問が少しは残っていたとしても、ミスター・マーチたちの態度を見て完全に消えてしまった。彼らは最初、ぼんやりしていたが、やがて関心を引かれたようになり、驚きを示した。

「しかしだな、お嬢さん」ミスター・マーチは声を張り上げた。「なぜ、家の者を起こさなかったのだね？　それに、三十時間も経ってからようやく我々に話したのはなぜだ？」

「その人をご覧になれば理由はおわかりいただけるかと。彼女がこの家の者でないなんて少しも思いませんでした――至極まともに見えたんです。今になって、ここの使用人全員に会ってわかり始めましたけど……あの老婦人はそこのドアから外へ出ていきました」

「何かなくなったものはないのですか？」ミスター・プラマーが尋ねた。「ミセス・マーチの宝石は？」

「貸金庫室に預けてある。宝石を持ってくる気になれなかったからな」

にもかかわらず、その日は屋敷内の捜索が行われた。なくなったものはなかった。ベッドに起き上がったミセス・マーチの興奮した指示に従って、わたしは重い鍵束を持って歩きまわり、品物リストと照らし合わせて確かめ、さまざまなレースを調べたり、毛皮を検めたりした。夫人の宝石類は無事だった。

ボンネットに黒玉を付けてドルマンを羽織り、バックルの付いたバッグを持った老女――そんな人物を知っている者は屋敷にいなかった。彼女の人相書きに合致する人間はおらず、どこにも見つからない。家族も使用人も、そんな老女は知らないと言った。

人生は奇妙なやり方で運命の糸を拾い上げたり落としたりする。金髪の謎めいた若い男と足を引きずる小柄な老女は、姿を現したかと思うと消えてしまったのだ。それから二週間、何の進展もなかった。クレア・マーチは失踪したままだった。ミセス・マーチは娘のことを過去形で話すようになった。ミスター・プラマーはさらに痩せ、ミスター・マーチの部屋に来ては、両手を両膝の間にだらりと垂らしたまま、黙って長い時間座り込むようになった。

わたしがミスター・プラマーと初めてまともに話したのはある日の午後遅く、ミセス・マーチが椅子で居眠りしていたときだった。ミスター・プラマーは整った顔立ちの三十過ぎの男性で、早くも髪が白くなり始めていた。彼はしばらく自分の考えに熱中していたが、本当はミセス・マーチのさまざまな美しい身のまわりの物を片づけるわたしを眺めていたのだ。夫人はしじゅう散らかしていた——蝶結びにしたリボン、爪やすり、雑誌、手紙。

「あなたは無駄な行動をとらないのかい？」とうとうミスター・プラマーは尋ねた。

「しょっちゅうとっていると思いますけれど」

「今、片づけなくてはならないのですか？　それとも五分の間、座って話をしてくれませんか？」

彼のそばに腰を下ろした。すでにマーチ夫人はぐっすり眠っていた。

「座って、わたしに話をしてもらいたいのですか？　それとも話を聞いてもらいたいのですか？」

「聞いてもらいたいんです。そしていくつか質問に答えてほしい。時間はかからないから」ミスター・プラマーは黙って化粧台へ行き、そこにあったクレアの写真を手に戻ってきた。

「あなたたち看護婦は人間のことをよく知っているでしょう」彼は言った。「それが仕事だから。自分で気づかずとも、あなたたちは心理学者なんだ。ミセス・マーチといるときのあなたを見てきました。さて、この写真からどんなことが読み取れますか？」

「きれいな顔をしていらっしゃいますね」最善を尽くそうと答えたけれど、自分がなんとも無能な気がしてきた。女としてのわたしは、ミスター・プラマーが聞きたがっていることを言わなくちゃならないと思ったのだ。「感じのいいお顔立ちです。性格も気性もいい方なのでしょう」

「目についてはどう思いますか？」

「間が離れていますね。牛もそうですけれど、それはよいしるしですよ！　とても率直で正直なのでしょう。実を言えば、ミスター・プラマー……」

「ここに今年の夏に撮った、その写真よりあとの写真があります。さて、どんなふうに見えますか？」

わたしは面食らって、落ち着かなくなった。

「前よりも大人になって、いっそうまじめになった感じです」

「目を見てほしい」

そう、違いがあった。何なのかは指摘できなかったけれども。受けた印象には興味をそそられた。若いほうの写真のクレアはカメラをじっと見ており、瞳はくっきりと澄んでいた。ミスター・プラマーが財布から取り出した写真のクレアもやはりカメラを見ている。でも、目にはなんとも言いがたい表情があった。何かはっきりしない感情、逃げたがっているような、奇妙な印象を受けた。どういうことかはわからないが、つらい人生を耐え忍んでいる女のまなざしだった。とはいえ、二十歳のこの女性は、まだ人生と呼べるほどの人生を送っていない。写真の女性の顔は悲劇的と言ってよかった。同じような、まわりに皺の寄った目を何度も見たことがある。視力がよくなくて、ものを見るのに苦労している目だ。ではクレアは？　乱視なのか、それとも何から逃げているのか？

「わかるでしょう？　ミス・アダムス、クレアはこんな変化が起きるほど深刻な問題を抱えているんです。ぼくは――ぼくたちの婚約を彼女が喜んでいると思っていた。しかし、振り返ってみると、確かに……」

ミセス・マーチが身動きし、目を開けた。

「目を覚ますのは嫌だわ」夫人は愚痴っぽく言った。「眠っているときだけは現実を忘れていられるもの。夢は見るけれど。さあ、出ていってちょうだい、ウォルター。ミス・アダムスにマッサージをしてもらうのだから」

その日の午後五時、初めてミスター・パットンから電話があった。

「何かをつかんだと思うんだ」彼は言った。「今夜、散歩に出るときは街中を歩くのにふさわしい格好をしてくれ。曲がり角にタクシーが止まっていて、わたしが乗っているはずだ」

「何時に？」

「七時半」

「一時間の休憩で足りますか？」

「二時間もらってくれ」

わたしが外出すると聞き、ミセス・マーチはいささかご機嫌斜めだった。

「たしかにあなたには新鮮な空気が必要でしょうね」夫人は言った。「でも、窓を開ければ済むことでしょう。それに、わたくしのホットミルクはどうなるの？」

「奥さまの付き添いはホーテンスに頼みました。彼女がミルクを温めてくれるはずです。もちろん、新鮮な空気は必要ないかもしれません。でも、ちょっとした運動は必要なんです」

ミセス・マーチはしぶしぶ外出を許可してくれた。ミスター・パットンはどこへ行くのか教えてくれず、当たり障りのないことを話し続けた。あとでわかったのだが、警察署へ向かっていたのだ。とうとうミスター・パットンは用向きを話してくれた。

「きみにいろいろなハンドバッグを見せようと思う」彼は言った。「昨日、女のスリが連行されてきたんだが、スカートの下のポケットに四つもバッグが入っていた。今日、それらを調べていて、その一つに心当たりがあるんじゃないかと思ったんだ」

「わたしのバッグね！　その女スリを刑務所に一年放り込んで！」

「きみのバッグじゃない。それに、結論に飛びついてはだめだ。こういう仕事では致命的なことになる」

見たとたん、例のバッグだとわかった。二本の紐と鋼鉄製のバックルで閉まるようになっている、あの大きさのバッグがこの町に二つとあるはずがない。ほかの二つのバッグの持ち手は切られていたが、このバッグのがっしりした革の持ち手はそのままだった。

「わかった、これのことね。ええ、あの老女が持っていたバッグとよく似ています。でも、違うかもしれません。外国製でしょう？」

「きみがこのバッグに気づいた晩、老女は何をしていたのかい？」

「これを開けて眼鏡のケースをしまっていました」

ミスター・パットンはバッグを開けて中身をテーブルに出した。錫製の眼鏡ケースはバッグと同じくらい風変わりだった。それから鍵が二本。一本は南京錠を開けるもので、もう一本はありふれた家用の鍵だ。最後にミスター・パットンはバッグの内ポケットから汚れて皺になったラベンダー色の封筒を取り出した。切手が貼ってあり、投函できるようになっている。鉛筆で書かれた宛先はミセス・マーチとなっており、封筒は開いていた。ミスター・パットンは中から手紙を取り出し、それを読むわたしを見守った。読みにくい文字で、包装紙に書かれていた。

〈無事です。クレア〉

わたしは手紙を凝視した。

「なかなか興味深いだろう?」ミスター・パットンは意見を言った。「クレアがこれを書いたのか?　それとも書かなかったのか?　もしも彼女が無事なら、なぜ自宅に戻らないのか?　手紙がすべてラベンダー色の封筒で届くのはなぜなのか?　例の老女の正体は?　あの晩、彼女は屋敷で何をしていたのか?　答えはどうだい?」

「それが庭へのドアにつながる鍵なのでしょうね」わたしはぼんやりと答えた。

第四章

その晩遅くに医師が往診に来て、ミセス・マーチにはもう治療は必要ないと言った。

「変わりはないか様子を見に、ときどき立ち寄ろう」医師は帰り支度をしながら言った。「わたしがいなくても、あなたがいれば大丈夫だ。気持ちを明るく保つようにしてください。何もかも最後にはうまくいくはずだ」

玄関まで医師を見送った。わたしが手に入れ損ねた屋敷内の出来事を知る者がいるとすれば、この医師だろう。これまでは彼と話すことができずにいた。

「あなたには居てもらいたいですな、ミス・アダムス。ミセス・マーチはあなたにお任せする。夫人の状態に問題ないようなら薬をのませない、ということを忘れずに。神経症状が再び現れたら、早めに薬をのませてほしい」

「骨の折れる看護ですね」わたしはゆっくりと言った。「疲れてしまいます、先生。奥さまはいろんな意見を求めてくるのですけれど、わたしはクレアのことも彼女の人生のことも知らないですし、望まれているものに応えることはできません」

医師はためらった。そのとき、わたしたちは一階の廊下にいた。

「夫人は何を望んでいるのかね？」

「元気づけられることです」

「言うまでもなく、クレアは生きているとも。とにかく、この次に夫人が落ち込んだときはそう言ってやりなさい。本当の話だからな。クレアは婚約に乗り気じゃなかったし、ほかの男がいたとわたしが思っていると、夫人に伝えてくれたまえ。たぶん、クレアはその男と駆け落ちしたのだろう。彼女が家族に宛てた伝言は届かなかったんだろう」

「相手はウィルソン・ペイジですか？」

医師はわたしを見つめた。屋敷でのわたしの役割に医師が疑念を抱いているらしいことに初めて思い当った。倫理的に言えば、話すのを断ってもかまわない情報を彼が伝えていることにも。

「いや。金髪で痩せ型の男だ。公園でクレアがその男と会っているのを見たことがある。うちの診療所の待合室でも一度会っていたと思うよ」

こんな情報を伝えるなり、医師は後悔したかのようにそそくさと帰っていった。

その晩、ココナツオイルをミセス・マーチに塗ってマッサージ器を使い、ホットミルクを飲ませて本を読んでやり、ようやく彼女が眠りに落ちると、わたしは自室へ戻って窓際に腰を下ろした。眼下には秋の庭が広がっている。幾何学的に設計された荒れた庭を照らす月は出ていなかった。窓の桟に両肘をつき、ぴりっと冷えた大気にさらされながら、手に入れた断片的な情報をつなぎ合わせていた。小柄な老女、金髪の男と、彼が持ってきた支離滅裂な手紙、バックルの付いたバッグに入っていた手紙。そしてあの夜にタクシーの中でミスター・パットンと交わした会話を再び思い出していた。

「クレアは生きている」ミスター・パットンはそう言った。「しかもこの町にいる。もし、あの手紙がクレアのものだとすればだが。わたしは彼女のものだと思っているよ。明日の朝、手紙を彼女の父親と婚約者に見せるつもりだ。それにクレアは隠れているらしい。なぜなのだろうか？」

わたしはミセス・マーチのベッドの足元のソファに横たわっていたが、なぜか眠りが訪れてこなかった。患者がわずかに身じろぎしただけで、はっとして目を開けた。小さな音が過剰なほど大きく聞こえた。ずっとしていた、階段を上がる規則正しい足音のような音は、浴室の蛇口から水が滴り落ちる音だとわかった。廊下の柱時計のゆっくりした鐘の音のせいで頭がおかしくなりそうだった。

二時には起き上がって階下へ行った。食事室から離れている食料貯蔵室《パントリー》にはスープ用のビーフキューブがあった。ビーフスープでも飲めば眠れそうな気がした。普段と変わりなく一階の廊下には明かりが灯っていた。食事室は暗かった。もう夜食を頼むのをやめていたから、出窓スペースにある小テーブルには何も載っていない。庭の向こうの通りの街灯が、窓と庭へ通じるドアをくっきりした長方形に浮かび上がらせていた。わたしはべつだん怯えていなかった。

明かりのついていない食事室からパントリーへ向かう。白く塗られた狭い部屋で、地下の台所へ通じる執事の配膳室に隣接し、壁にはガラスがはまった白と銀色の冷蔵庫が据えられて給仕係の娘がテーブルに出すバターとクリームが保管されている。電灯は壊れていて、スイッチを押しても明かりはつかなかった。でも、アルコールランプ用にマッチを持っていたから、ビーフキューブはすぐに見つかった。だから、なおも暗闇の中で食事室へ通じるスイングドアを押し開けた。

庭へ続くドアの鍵を誰かが開けようとしている！　さっきわたしは怯えていないと言ったが、そんなことはどうでもいい。ドアにはガラスがはめてあった。明かりのついた廊下へと部屋を横切れば、わたしの全身はくっきりと見えてしまうだろう。ほとんど息もできず、身を縮めて部屋の隅へあとずさった。ドアにかかった薄いカーテンの向こうに動く人影が見える。

鍵はなかなか開かなかった。突然、その人影が誰なのかわかった——またしてもあの老女だ。でも、今度は鍵を持っていないらしい。激しく打っていた心臓が落ち着き始めた。頭が働き、考えられるようになった。老女はガラスを割るのだろうか。もし、入ってきたらそのままにして、後ろから回り込んで逃げ道を阻んでやろうと考えた。その頃にはかなり冷静になっていた。というより、我ながら勇気があると得意になっていたのだ。両手が自由に使えるように、ビーフキューブの包みをポケットに入れた。

なぜかはわからないが、ちょうどそのとき、相手が例の小柄な老女でないことがわかった。おそらくガラスが割られて、中の敷物の上に鈍い響きとともに落ちて気がついたのだろう。人影は身を起こした。思ったよりも背が高い。わたしの心臓は止まったかと思うと、狂ったように早鐘を打ち始めた。ガラスの割れた部分から差し込まれた手を覚えている。鍵の外れる音が聞こえ、ドアが慎重に開かれた。侵入者は部屋に入ってきた。

そのとき、わたしはパニックに襲われ、くるりと身を翻すとパントリーのスイングドアへまっしぐらに向かった。もちろん、ばかげた行動だった。その狭い部屋にはほかに出口などないし、ドアをしっかりと閉めることもできない。漆黒の闇の中で、わたしは袋の鼠同然だった。たぶん引き出しを開けてケーキナイフを取り出したのだと思う。果てしなく時間が経ったように感じたあとで、自分がケーキナイフを握っていることに気づいた。どうやって手に入れたのかは思い出せない。

スイングドアは静止していた。耳を澄ますと、わたしの耳の中で鳴っている鼓動以外に聞こえるのは、ゆっくりと時を刻む廊下の柱時計の音だけだった。

その恐ろしい夜については思い出せないことがたくさんある。たとえば、追い詰められたわたしがパントリーにどれくらいの間立ち尽くしていたのかわからない。震えが収まった膝からどんなふうに勇気が湧き上がってきて、背筋や脈へ達したのかも。弱々しいながらも百八十は打っていたに違いなかった脈拍は、まだ不規則だけれども前より力強く打ち、ほぼ平常の回数になった。昼になったかと思われるほど長かった気がするけれど、十五分くらい経つと、勇気を出せという信号が脳に達し、ドアに耳をつけて様子をうかがった。物音一つしない。

日頃の訓練のせいで本能が目を覚ました。何が起こっているにせよ、患者を一人きりにしてはならない。病人の部屋へ行かなければならなかった。たちまち、その考えで頭がいっぱいになった。戻らなくては。恐怖心よりも義務感のほうが強かった。

とうとう行動を開始し、ドアを一インチほど開けた。部屋は静まり返っていた。この上なく慎重にドアをもう少し開けた。部屋はきちんとしているというよりは、重苦しい空気が漂ってがらんとしていた！　時間をかけて慎重に何歩か前に踏み出す。走ったりしたら、自分が恐慌をきたすとわかっていた。後ろは振り返るまいと思っていた。明かりのついた廊下さえ、あまり安心感を与えてくれない。真っ暗な部屋がいくつも続き、何が隠れているのかわからなかった。でも、何事もなく階段に足を載せることができた。そこでわたしは立ち止まった。

ぼろをまとった女が気を失って階段のいちばん下の段にうつぶせで倒れている。彼女を仰向けにし、この屋敷にある写真で見た顔だとわかったときも、わたしはまだ信じられなかった。でも、これは現実だった。痣や引っかき傷ができ、ぼろに身を包んで、衰弱していると言っていいほど痩せ衰えた姿でクレア・マーチは再び家に帰ってきたのだ。

これで謎の一つは解決した――でも、それは別の謎の始まりだった。

第五章

わたしが最初に感じたのは恐怖だった。クレアの状態はかなり悪かった。死んでいるのではないかと思ったほどだ。けれども脈はあった。わたしはたくましくて力も強い。クレアを階段から降ろして床に寝かせた。その間中、家族や使用人が起きてこないように祈っていた。クレアの姿を誰にも見せたくなかったのだ。

芳香アンモニア精剤を持ってきて、水でクレアにのませた。ミセス・マーチは静かに眠っていた。廊下の反対側ではミスター・マーチも眠っていることが、聞こえてくる寝息からうかがえる。わたしにはいくらか時間があった。一時間か、二時間は余裕がほしかった。

クレアの意識はごくゆっくりと戻ってきた。片腕を頭に載せてちょっと身じろぎし、ようやく目を開けた。わたしはなだめるような口調で話しかけた。

「もう心配いりませんよ」何度も何度も声をかけた。「ここはあなたの家だし、何もかも大丈夫ですからね。わたしは看護婦です。何も心配しなくていいんですよ」

「会いたいのよ——ジュリーに」とうとうクレアはかすれた声で言った。

その名を聞いたことはなかった。

「ジュリーは来る途中ですよ。支えたら、起き上がれますか?」

クレアは必死に起き上がろうとし、わたしは少しずつ彼女を音楽室のほうへ連れていった。部屋に入るとクレアはまたくずおれてしまい、ソファがなかったので、頭の下にクッションを入れて床に寝かせた。わたしの頭の中を恐ろしい考えが勢いよく駆け巡っていた。新聞には誘拐事件の記事が山ほど載っている。正直言って、クレアの状態や、ぼろをまとっていることは誘拐以外に説明がつかないと思った。

「お腹がすいたわ」寝かせると、クレアは言った。「わたし――たまらなくお腹がすいているの! この前何かを食べたのがいつだったか覚えてない」

外見からもそれはうかがえた。ポケットにビーフキューブがあったから、クレアを寝かせて、ビーフスープを作った。それにクラッカーを添えて戻ってきた。その頃にはクレアも椅子に腰かけており、火傷しそうなほど熱いスープをがつがつと飲んだ。

機会をとらえてクレアの外見を調べた。衝撃的だった。両手には擦り傷があり、水泡もできている。クレアは哀れを誘うようなしぐさで片手を差し出したけれど、何も言わなかった。片方の目の上には濃い青痣がある。顔は血の気が失せ、裂けた袖からのぞいた前腕は痩せこけて細かった。今のクレアにはかつての美しさは影も形もない。ショックを受けている――ただそれだけだ。

クレアは不釣合なぺらぺらの服を着ていた。ウエストのあたりが裂けた白いブラウスはかなり汚れ、ぼろぼろの短い黒のスカートに、擦り切れて破れたサテンの室内履きを履いている。寒い夜なのに、帽子もかぶっていないし、何かを巻いているわけでもなかった。クレアは空になったカップを差し出しながらわたしを見上げた。

「お母さまはどうしているかしら？」

「あまりお加減がよくないようです」

「心配させたせい？」

「ええ。階段を上れそうですか？」

「食べ物はこれしかないの？」

「もう少ししたら、もっとお持ちしますよ。一度にあまりたくさん召し上がってはいけません」

クレアは立ち上がり、わたしは彼女の体に腕を回した。子どもっぽいけれど、クレアはわたしの存在を当然のように受け止めていた。でも、階段の下まで来ると、それ以上進むのをやめて尋ねてきた。「あなたは誰なの？　使用人じゃないわね」

「訓練を受けた看護婦です。ご病気の間、お母さまのお世話をしてきました」

二階へ行って、クレアの部屋に入った。

クレアを自室に連れていった頃、ミセス・マーチが目を覚ました。

「まだお母さまには言わないで」クレアは頼んだ。「少し時間をちょうだい。今会ったら、お母さまを驚かせてしまうわ」

わたしは黙っていると約束した。

三十分後にクレアの部屋へ戻ると、彼女はクローゼットから取り出したネグリジェに着替えていた。わたしが火をおこしておいた暖炉の前に腰を下ろし、髪にブラシを当てている。ようやくクレアは写真の中の女性を髣髴とさせる姿になった。でも、かつての彼女にはほど遠かった――あまりにも痩せ衰えていたのだ。

クレアをなんとか説き伏せてベッドに入らせようとしたが、拒まれてしまった。なんだか妙な気がした。クレアは極度に神経を高ぶらせている。何か訊きたそうに一度ならずブラシをかける手を途中で止めたけれど、尋ねてはこなかった。どうやら勇気が萎えたらしい。おぞましい夜だった。わたしは暗闇の中でミセス・マーチの部屋のドアの内側に座り、向かい側の部屋のドアを見守っていた。クレアが部屋の中を行ったり来たりしている足音が聞こえた。気が変になりそうだった。

わたしは鎮静剤の臭化カリを勧めたが、クレアはのもうとしなかった。でも、三時半頃にクレアがベッドに横になった物音が聞こえ、いくらかわたしの緊張も収まった。この機会にと考えにふけり、これからどうしようかと頭をひねった。ミスター・パットンにはすぐさま知らせなければならない。クレアが本当に落ち着き次第、ミスター・マーチを起こそう。なぜ家族をすぐに起こさなかったと責められるだろうけれど、わたしは自分のすべきことにいつも責任を持ちたい主義なのだ。まずは医師の指示に従い、自分の判断は二の次というのがわたしのモットーだった。ときには医師の指示があっても――まあ、それについてはどうでもいい。

腕時計に目を落とした。もうすぐ四時で、まだあたりは真っ暗だった。書斎に下りていった。チーク材の衝立の後ろに電話があるので、ミスター・パットンのアパートメントを呼び出したが、つながらなかった。

受話器を置き、もう少し経ったらかけ直そうと思いながら暗がりで座っていた。そうやってじっとしていたとき、クレアが階段の上に現れた。

苦労しながらゆっくりと階段を下りてくる。一段下りて一息入れ、また一段下りる。階下へ着くと、クレアはさっきよりもしっかりと歩きだした。音楽室を通り抜け、まっすぐ書斎へ入ってくると明かりをつけた。

わたしは好奇心を覚えた。カーブした衝立の端から彼女を観察するのはたやすかった。興味を引かれただけだ。解決すべき謎がもっとあるなんて考えたわけではない。朝になったらクレアが事情を話し、法が役割を果たして、すべてがおしまいとなるだろう。とにかく、そのときのクレアのあらゆる動きははっきりと覚えている。

まずクレアは、雑誌が散らかる、ブロンズ製の読書用ランプが中央に置かれたテーブルへ向かった。ちらっと視線を走らせながら雑誌を積み重ねていき、自分の写真が入った写真立てを手に取り、長い間見つめていた。傍目にもわかるほど手が震えている。それから部屋を調べ始めた。

暖炉には、上をボタン房状の革で覆われた英国製の炉格子があった。ミスター・プラマーは決まって暖炉に背を向けて腰を下ろしたものだ。暖炉のすぐ内側に新聞が無造作に投げ込まれていた。クレアが探していたのはその新聞だったようだ。弱った体では、新聞に手を伸ばすのも容易じゃなかった。クレアは腰をかがめてふらついていたが、再びかがんで新聞を取った。

薪は燃え尽きていたけれど、温まった煉瓦と灰のおかげでまだ心地よいぬくもりが残っていた。クレアは炉格子のそばの床にうずくまって新聞をめくっていき、記事から記事へと震える指を走らせていた。わたしの居心地の悪さといったらなかった。恥ずかしかったたし、無理な姿勢のせいで体がひきつっていた。

わたしがこれ以上座っていられないと思ったとき、クレアは探していたものを見つけたようだった。息を呑む声が聞こえ、彼女が身を前に投げ出すのが見えた。顔を両手にうずめ、肩を震わせながら、声をあげずに泣きじゃくっている。クレアを抱きしめたが、身をよじって手から逃れただけで、少しも身構えていなかった。けれども、わたしが新聞を取ろうとすると、クレアはそれをひったくって体を起こした。

「出ていって！」クレアはヒステリックに言った。「わたしをつけまわして見張るのはやめて。一人で泣かせてももらえないの？」

わたしはいささか気分を害し、ばかばかしい気分になってあとずさった。そして手がかりをつかみ損ねたわけだが、すべてがわかったのは何週間もあとのことだ。

「そんなふうに思われたのなら、残念です」冷ややかに言い、部屋を出て二階へ上がった。

三十分後、クレアはぎこちない足取りでよろめきながら階段を上ってきたが、その前に新聞は燃やしたようだった。少なくとも、わたしが下へ行ってみると、彼女が読んでいた新聞どころか、書斎に散らばっていた新聞すべてが跡形もなく消えていたのだ。のちにミスター・パットンが新聞の写しを全部手に入れたが、わたしたちが忍耐強く隅々まで調べても、つかもうとしていた手がかりらしきものはまったく見つからなかった。

朝までにクレアはさらに回復していた。少し眠ったらしくて前よりも落ち着き、白蠟のようだった耳にも赤味が射していたが、額の痣はいっそう黒くなっていた。

明け方、わたしはクレアが戻ってきたとの知らせを穏やかにミスター・マーチに伝え、妻に話す役目は彼に任せた。あとでミセス・マーチのもとへ行くと、ひどく興奮して娘に会うのが待ちきれない様子だった。でも、待つようにと説得し、卵とトーストを食べさせた。空腹に興奮はよくないというのがわたしの信条だ。クレアの豊かな髪を巻いて痣を隠してから、部屋に両親を招き入れ、わたしはドアを閉めて出た。

誰かが電話してミスター・プラマーもかけつけたが、クレアはまだ会いたくないと父親を通じて伝えた。それは顔を殴られたにも等しい衝撃だった。ミスター・プラマーはよろめきかけた。

「そう伝えてくれと言われたのだよ、きみ」ミスター・マーチは言った。「きみ同様、わたしも理解できない。クレアは目も当てられない状態だ。医師を呼びにやったよ。明日になればきっと……」

「ですが、彼女は何と言ってるんですか?」ミスター・プラマーはさえぎった。「クレアはどこにいたんです? もちろん、クレアが会いたいと言うまで待ちますが、お願いですから、どこにいたのか教えてください!」

「あの子は我々にほとんど話してくれない」ミスター・マーチは打ち明けないわけにいかなかった。「クレアはまだ混乱している。今日中に警察に事情を話すと言っているんだ。監禁されていたらしい――わかっているのはそれだけだ」

ミセス・マーチの居間のドアが開いていて、ミスター・プラマーは中に入ってぐったりした様子で腰を下ろした。ドアの前を通りかかったわたしに、ミスター・プラマーは入ってくるようにと声をかけた。

「あなたが最初にクレアを見つけたんですよね？」彼は尋ねた。「座って、知っていることをすべて話してくれませんか？」

話すのは歓迎だった。わたしはあまりにも長い間、おとなしくしていたからだ。何もかも話した。書斎の衝立の陰にいた理由は黙っていたけれども。

「とにかく、クレアはぼくに会いたがっていたのかな？」わたしが話し終えると、ミスター・プラマーは尋ねた。

「そ、そう思いますよ。会いたいのが当然ですもの」

彼は皮肉っぽく微笑んだ。

「彼女が会いたがっていないことは知っているだろう」そう言ってミスター・プラマーは立ち上がった。

ミスター・プラマーが気の毒でたまらなかった。ひどく思いつめて途方に暮れている。彼は伝言がないかと午前中ずっと待っていた。昼頃、クレアが会ってもいいと言った。メイドがクレアにドレスを着せ、わたしと二人がかりで紅を少し差し、色を失った唇の見栄えをよくした。こけた頬を除けば、クレアは美しく見えた。わたしは彼女の伝言をミスター・プラマーに伝えた。

「わたしが会いたがっていると彼に伝えて」クレアはわたしに言った。「でも、あまり質問しないでと言っておいて。それから、会うのは一、二分だけだと。とても疲れているの」

ミスター・プラマーは歓迎されているのかどうか、確信が持てなかったと思う。わたしは彼をドアまで案内した。クレアはソファに横たわり、枕をいくつか当てて体を支えていた。痣は隠れている。わたしはミスター・プラマーの目と、クレアの瞳に燃え上がった炎に気づき、どんなに良くないことがあったにせよ、二人の間には問題はないのだと悟った。とたんに金髪の男をクレアの恋人とみなす説は消え、二度と蘇ることはなかった。

その午後、クレアはほぼ二カ月にわたった失踪についてミスター・パットンに説明した。クレアは父親にも母親にも同席を許さなかったが、まだ体が充分に回復していないから看護婦の付き添いが必要だとミスター・パットンが言い張ったため、わたしはその場にいることを認められた。話は短く、途切れがちだった。本当のことを話しているという印象は受けたが、真実は一部だけだと思われた。たとえば、まわりの人や状況についてのクレアの描写は、苦痛に満ちた記憶から引っ張り出されたものに違いない。写実的な描写で、真実味がこもっていて生々しかった。脱出したいきさつについても同様だった。

「あなたが家を出たのは九月三日でしたね」ミスター・パットンは言った。「そのことはわかっていますし、四日の朝にこの町へ戻ってきたこともわかっています。駅でタクシーに乗った所からあなたの行方がわからなくなったのです。運転手にはまっすぐ家へ向かうように命じたのですか?」

「まっすぐではありません。わたしが行ったのは……」クレアは足取りを突き止められていた百貨店の名を口にした。「買い物をしていたとき、若い男性が近づいてきて自己紹介したんです。ぼくをご存じないでしょうが、あなたのドイツ語の先生だった、年老いたフロイライン・ジュリー・シュレンカーと同じ家に住んでいるのですよ、と言いました。ジュリー先生は寄宿学校にいたときの先生で、わたしは彼女が大好きでした。その男の人は先生が死にかけていると言ったんです」

クレアの目に涙があふれた。ミスター・パットンはほんの一瞬、わたしの視線をとらえた。

「それはあなたが毛布を買う前でしたか？　それとも後でしたか？」

クレアはぎょっとしたようだったが、ミスター・パットンはにこやかに微笑みかけていた。もし、話を組み立て直さなければならなかったとしたら、クレアは巧みに、しかもすばやくやってのけたことになる。

「前です。ジュリー先生のことが心配でたまりませんでした」彼女は言った。「すぐさま先生の家へ行くことを承諾し、居心地よくしてあげるには何を持っていったらいいかとその男の人に尋ねました。彼女は食べることはできないが、おそらく毛布なら――とにかくそんなものが――いいのではないかと彼は言いました。そこで毛布を何枚か買い、タクシーに積み込みました」

「その金髪の若い男はどこの住所を告げましたか？」

「彼が金髪だなんてわたしは言ってないでしょう」クレアは言い返した。「あの人の外見など思い出せません。きっと会ってもわからないでしょう」

ミスター・パットンは重々しくうなずいた。

「わたしの間違いのようだ」彼は言った。「それは前と同じタクシーでしたか？」

「いえ。前のタクシーは乗り捨てました。タクシーに乗り込むと、男の人は運転手に行き先を告げました。わたしは注意を払いませんでした。先生のことで動揺して、ほとんど何も見ていなかったの。タクシーはとても速く走りました。その間、わたしには死にかけて横たわっているジュリー先生の姿を思い続けていたのです。年老いた哀れな顔が……」クレアは身震いした。どうやら話のその部分は真実で胸の痛むものに違いない。「車は長いこと走りました。わたしは料金が心配でした。メーターが四ドルになると気をもみました。小切手はありましたが、現金はあまり持っていなかったので」

　ふいにクレアは話をやめ、ぎくりとしたようにミスター・パットンを見やったが、彼は愛想のいい顔をしているだけだった。

「四ドルとは！」彼は言った。「知っている所でしたか？」

「全然知りませんでした。わたしは腹を立て、回り道をしたでしょうと運転手を責めました。運転手はまっすぐ走ったと言い、なんなら警察を呼んだらどうだと言いました」

「そのとき、まだ町中にいたんですか？」

「ええ。でも、かなり遠くでした。運転手が車を止めたとき、わたしはかろうじてお金を払うことができました。五ドル近かったんです」

「正確な料金を覚えていますか？」

「四ドル八十セント。運転手には五ドル払いました。残ったのはたったの一ドルでした」

「例の若い男は一緒だったのですか?」
「いいえ。わたし一人です。途中で口を挟まないでいただきたいのですけれど」

ミスター・パットンは機嫌よく椅子に深く座り直し、両手を組み合わせた。彼が絶えず話を中断させる理由がわたしにはわかった。顔を見れば、ミスター・パットンが何かをつかんだことがうかがえる。

「わたしは降りました。持っていた毛布がかさばったわ。運転手は毛布を玄関口まで運んでくれて立ち去りました。奇妙な界隈だと思ったものです。誰も住んでいなさそうな家が近くにあるだけの、みすぼらしい小さな家がぽつんと建っていました。

「ずいぶん変だと感じましたが、ジュリー先生に会わせてほしいと言いました。醜い老婆が戸口に出てきたんです。どこもかしこも汚らしい感じで。先生が気の毒だと思いました。いつ見ても身ぎれいにしていらしたので。家の中に入って階段を上りました。階段は狭くて急で、階下の上り口にあるドアが閉まってしまいました。こんなひどい所に先生がいるんだとしか考えていなかったわ。階段のあちこちに蜘蛛の巣が張っていました。家の奥へ進み、あるドアの前で立ち止まりました。老婆はノックもしませんでした。ただドアを開けてこう言ったんです。『ここですよ、嬢ちゃん』わたしは中へ入りました。誰もいません。だから言いました。『あら、ジュリー先生はどこなんですか?』でも、老婆はもう立ち去っていました。そして彼女が外からドアに鍵をかける音が聞こえたのです」

その午後にわたしたちが聞いたのはこんな奇妙な話だった。助けを呼んでも無駄だったこと。

壊れたドアの羽目板からパンと水が差し入れられたこと。クレアは薬で眠らされ、目覚めたときには服がなくなっていて、代わりにぼろぼろの服を着せられていたこと。階下で酔っぱらいたちがどんちゃん騒ぎをする声が聞こえたこと。そしてドアの羽目板から斜視の男が腹立たしいほど監視し続けていたという。クレアは閉じ込められていた部屋をきわめて正確に描写し、ミスター・パットンのためにざっと絵を描いてみせさえした。小さな窓が二つある天井の低い屋根裏部屋だった。天井は傾斜し、雨漏りのせいで漆喰は変色していた。洗面器も水差しもない洗面台。明かりといえばガラスランプで、煙突は黒くいぶされていた。家具といったら、最も低い天井部分の下にある簡易寝台と椅子が一脚だけ。

クレアの話によれば、一日に一回、手を洗うために錫製の洗面器とアイロンがかかっていないタオルを老女が運んできたらしい。洗面器には釘に掛ける赤い紐がついていたとクレアは言った。タオルはピンクと白の格子柄だった。

「布巾みたいなタオルでした」クレアは言った。「石炭を使う暖炉があり、その上に木製の棚がありました。壁に古い鋼板印画が貼られていて。一つの隅が外れていて、窓を開けるたびに風にはためきました。火を焚いてもらったのは一度だけでした。でも、寒くて困ることはありませんでした。真下の部屋が台所で、煙道がつねに暖かかったからです」

「鋼板印画がどんな絵だったか覚えていますか?」

「ピルグリム・ファーザーズたちの上陸を描いたものでした」クレアはたちどころに答えた。「誰かが絵の一部をクレヨンで塗っていました。たぶん子どもの仕業でしょう」

ミスター・パットンは戸惑っていた。ドアの羽目板だの斜視の男だのといった話はでっちあげられるかもしれない。でも、クレアの話のある部分は、まさしく事実に違いないとの印象を与えるものだった。暖かい煙道や、風にはためく絵。アイロンがかかっていないタオル。縁に赤い紐を通してある洗面器。

「どうやって逃げてきたかについては、すぐにでもうかがうつもりです」ミスター・パットンは言った。「しかし、まずは、こうしたことすべての理由を知りたいのですが。それで、彼らはあなたに何かを無理強いしようとしましたか?」

「何も」

「じゃ、奴らは白人売春婦の売買業者ではなかったのですね?」

クレアは真っ赤になった。「そうです」

「あなたを脅しもしなかったと?」

クレアはためらい、考えていた。

「わたしが叫んだときだけです。叫んでも無駄でした。近くには空き家しかなかったのですから」

「ミス・マーチ、これはほとんど信じがたい話です。犯罪には動機がつきものだ。あなたの話では、ほぼ二カ月間も人里離れた家に閉じ込められていながら、何の危害も脅しも加えられなかったという。だが、絶えず監視され続けていた。そしてとうとう、あなたは逃げ出した。それでもあなたは何の理由も思い当たらないと言うのですからな!」

「そんなことは申し上げていません。理由なら、いろいろと考えてみました。犯人は身代金を欲しかったんじゃありませんか?」

「彼らが身代金を手に入れようとした動きなどありませんでしたよ」

クレアは逃亡のいきさつをかなり簡単に話した。その話から受けた印象を率直に言うなら、ところどころはしっかりした根拠があるし、逃亡の様子はまさしく記憶をたどったものだし、細部にいたるまで正確だと思われた。

「誘拐犯の全員が酔っぱらうときがありました」クレアは言った。「わたしは、彼らのせいで家が火事になるんじゃないかとしょっちゅう思ったものです。若い女二人はよく歌っていましたが、すさまじいものでした」

「若い女がいた話はしていませんね」

クレアは困惑していた。

「二人いたんです。一人は仲間の男と結婚していました。その夫婦は老婆を『かあちゃん』と呼んでいました。それから、家を訪ねてくる、木の義足をつけた男がいたんです。彼は野原を越えてやってきました。しょっちゅう見かけました。彼らは二日間、酒を飲んでいました。そして老婆が転んで怪我をしたんです。彼女のうめき声が聞こえました。それからはわたしは空腹でした。どうしようもなくお腹がすいていました」クレアはわたしを見た。「わたしがどれほどお腹をすかせていたか、あなたは知っているわよね。水すらもらえなかったのよ」

「たしかに、飢え死にしそうでした」わたしは言った。

「誰もやってきませんでした。怖くてたまらなかった。何が起こったのだろうと考え続けていました」クレアははっとして口ごもり、また話を続けた。「わたしは一晩中、暗闇で横になっていました。彼らがわめいたり歌ったりする声が聞こえ、ときどき老婆のうめき声がして。あまりにも喉が渇いたので、雨が降って屋根から雨漏りがしないかと願ったほどです。それくらい喉が渇いていたの。少しは眠りました、さほど長い時間ではありません。ほとんどの時間は歩きまわって不安を抱えていました。家が静かすぎて気が変になりそうでした」

「静かとは！　犯人たちは眠ってしまったのですか？」

クレアはミスター・パットンをすばやく見やった。

「出かけてしまったんです、全員。残ったのは老婆だけでしたが、彼女は怪我をしていました。わたしが呼びかけても、誰も答えませんでした」

「あなたはどんなふうに閉じ込められていたのですか？」

「外から鍵をかけられていました」

「壊れた羽目板のところから手を差し入れて鍵を外せなかったのかな？」

「鍵は錠に差し込んでいませんでした、ただの一度も。階段を上りきった所にあった釘にいつも掛けてあるのが見えました」

クレアを疑おうとしても無理だった。鍵はその釘に掛けられていたに違いない。そんな細かい事柄をでっちあげようとすれば、気づかれるほどの間が開いてしまう。クレアが鍵の件で作り話をするはずはなかった。

「翌日もずっと、誰一人やってきませんでした。窓ガラスが一枚割れていたので、そこから助けを求めて声をあげました。家の向こうの野原に人の姿が見えるときもあったんです。でも、その日は幼い男の子たちしかいませんでした。子どもたちはまったく気づいてくれなくて。たぶん、声が聞こえなかったのでしょう。そのうちにわたしはだんだん弱っていきました。いずれ力がなくなって逃げ出すこともできなくなると思ったんです。階下の火は消えていて、部屋は寒くなっていました。両手がすっかりこわばり、動かすのもやっとでした。時間をかけて窓に取り組みました。窓枠はねじで留められていました。それを緩めたのです」

クレアは両手を差し出した。切り傷と水ぶくれがいくつもできている。

「とうとう、ねじを外したのですが、窓ガラスが割れてしまいました。その音が聞こえてもかまわなかったわ。それまでは窓の下に何があるのか見えませんでしたが、納屋みたいなものがありました」

「夜まで待たなければなりませんでした。窓が開いていたので、部屋は凍えそうなほど寒かった。犯人たちはまだ帰ってきませんでしたが、老婆はいました。横になってうめいている声が一階から聞こえたんです。わたしはその日、マットレスに横になったまま震えていました。暗くなるなり、窓の桟にそうっと上りました。恐ろしかった、ずいぶん地面から離れているように見えて。両手で窓枠にぶら下がって手を離しました。でも、滑ってしまったの。足首をくじいたかと思いました。納屋の緩んでいた屋根板がすさまじい音をたてました」

「家までの道はどうしてわかったんですか?」

「何時間も歩きました。どの道を通ったかなんて全然わかりません。空に反射している町の明かりだけを頼りに歩を進めたんです。町の中に入ると、自分がどこにいるのかわかりました」

「最初に居場所の見当がついたのはどこですか?」

「ノース・マーケットです」

「そこからどちらへ向かったか覚えていますか?」

「西のほうだと思います」クレアはしぶしぶといった口調で答えた。

ミスター・パットンはポケットから汚れたラベンダー色の封筒を引っ張り出し、中身を取り出した。

「『無事です。クレア』」ミスター・パットンは読んだ。「さて、ミス・マーチ、あなたはいつ、どこで、この短い手紙を書いたのですか?」

答えの代わりに、クレアは突然ヒステリックに泣き叫び始めた。「ジュリー先生! ジュリー!」クレアは泣いた。手紙のことはどうあっても説明するつもりはないらしい。これで手詰まりだった。クレアは手紙のことを説明できないし、知らないふりもできなかった。そして涙と沈黙で答えを拒否する道を選んだのだ。

クレア・マーチの話はそれでおしまいだった。とうていまともとは思われない話だったが、納得させられるものはあった。クレアの全体の状態だ。両手の様子、簡潔だが写実的な描写。少なくとも部分的には本当の話なのだろう。すべてが真実のはずはない。クレアは金髪の男の話も、黒衣に身を包んだ小柄な老女の話もしなかった。それでもわたしは、その二人をクレアが知っていると確信した。ミスター・パットンも同じ意見らしかった。クレアがおとなしくなると、さっきの話に出てきた老婆の様子を尋ねたからだ。

「とても太っていました」クレアはゆっくりと言った。「それに、とても汚くて。いつだって同じ格好でした。青いキャリコドレスとエプロンです。しょっちゅう洗濯しているようでしたわ。エプロンがいつも濡れて石鹸の泡がついていましたから。それと、淡い灰色の髪をきっちりひっつめて髷にしていました」

「声を聞いてどこの国の人間かわかりましたか？　変わったアクセントはありましたか？」

「わかりません」

「老婆が外出用の服を着ていたことは？」

「一度もありません」

「でしたら、彼女が黒玉の飾りが付いた黒のボンネットをかぶり、流行遅れのドルマンを着て、二つのバックルで閉めるバッグを持っていたことも知らないでしょうな？」

クレアはいきなり身を乗り出し、ミスター・パットンの手首をとらえた。

「もう、我慢できない！」彼女は泣き声をあげた。「あなたは何を知っているんですの？　新聞が間違っていたんでしょうか？」

何のことかわからないし、助けてもあげられない、というミスター・パットンの表情を目にすると、クレアは枕の間に身を沈めた。それ以上クレアは何も答えず、警戒するように沈黙を続けた。

第六章

言うまでもないが、クレア・マーチ失踪事件の解決にわたしは何の貢献もしていない。こうして匿名で執筆している今でも、気分は落ち着かない。正体を疑われたら、プロとしての仕事は台なしになってしまうだろう。これまで自分には二つの天職があることを完璧に隠してきた。もしかしたら、わたしはあなたの家にいるかもしれない。考えてみてほしい。あなたに何か秘密があるとして、弱っているあなたのそばにいてどんなことも気ままに話せる相手、足音をたてずに歩く堅苦しい若い女、それがわたしではないと確信が持てるだろうか？　始めに話したように、一皮むけば、わたしがそこにいるかもしれない。そう、わたしは家庭内の弱い部分に潜り込んでいるのだ。あなたと訪問者がベッド脇で話していたとき、わたしが窓際で手紙を書いていたことを覚えているだろうか？　あなたたちの会話をそっくりそのまま、一語一句正確に記した手紙が二時間後には郵便局の本局にあるなんて、気づくはずもないだろう。そんなことをこれまで考えたことはあるだろうか？

その週、わたしは何通も手紙を書いた。ミセス・マーチは起き上がって活発に動きまわり、忙しそうだった。患者はクレアになっていた。わたしが夜にミスター・パットンと会うことはもはやなかった。おそらく彼は、町はずれを丹念に調べまわり、タクシーの運転手たちに聞き込みをしていたに違いない。わたしは日々の報告を彼に郵送した。

月曜日――一つ、奇妙なことに気づきました。クレアはあまりわたしを必要としないのです。メイドのホーテンスにいくつか雑用をさせていますが、そう多くはありません。自分でできる場合は必ず、クレアはわたしたちを追い払うのです。わたしは自分が役立たず以下になった気がしています。クレアに伝言しようとしましたが、聞いてもらえませんでした。ミスター・プラマーはドアまでしか行けません。クレアが部屋に入れないのです。

火曜日――まだ弱々しく、動きも鈍い状態。ミスター・プラマーからは毎日、箱に入った花が届きます。以前は、クレアがミスター・プラマーを愛していないのかと思ったことがありました。でも今日、薔薇の花束を見たときのクレアの目にまた気づいてしまいました。彼女はミスター・プラマーに夢中に違いありません。クレアはわたしを追い払いたがっていますが、ご両親は彼女には看護婦が必要だと主張しているのです。クレアの両手は治りつつあります。一つ、おかしな点があります。両手首に擦過傷があるのです。両手を縛られていたと、彼女は話していたでしょうか?

水曜日――例の金髪の男が来ました。わたしは彼を見かけて階段を下りていきました。彼はわたしたちが推測したような人間ではありませんでした。だらしなく、身なりは粗末でした。玄関に入ると彼は、手にした帽子をくるくる回しながら突っ立っていました。ミス・マーチはご病気なのだと告げても、帰ろうとしませんでした。そしてこう言ったのです。「サミュエルズが来たと伝えてくれ。これが最後通牒だと。おれの言う意味がきっと彼女にはわかるだろう」そこでわたしは言いました。「お嬢さまはあなたからの手紙をお持ちだと思いますよ」たちまち彼の顔は蒼白になりました。「だったら、わかってるはずだ！」そう怒鳴りました。「なのに、気にも留めなかったのか！　伝えてくれ。今なら、今日なら、話をつけられる、とな。さもなけりゃ、洗いざらいぶちまけるまでだ！」男はポケットの懐中時計を見ようとして、そこに時計がないことを思い出したようでした。そのせいで怒りに拍車がかかりました。「彼女に伝えろ。今日の午後三時までにあの場所にそれを持ってこいと。じゃなきゃ、彼女の大事ないとしい人のところへ行って、奴が知るべきことを耳に入れてやるからな」男が立ち去ると、わたしはあとをつけようとしました。でも、帽子をかぶってアルスター外套を着たときには、姿が見えなくなってしまいました。もし、サミュエルズというのが本名だとしたら、あなたならあの男を見つけられるのではありませんか。彼は金髪で髭をきれいに剃っており、金歯が一本、右の上にあります。黄褐色の外套を着て薄緑色のフェルト地の帽子をかぶっていました。

水曜日の午後四時――クレアの用事から帰ってきたところです。サミュエルズ宛の包みを持って〝あの場所〟に行ってきました。包みの中身は現金でした。サミュエルズは貪欲そのもので、まだわたしがいるのに包みを破って開けたのです。金額は相当なもののようでした。百ドル以上あったでしょう。彼はお金を数えるとポケットにしまいました。朝よりはましな身なりで表情も穏やかになっていました。お金を数え終わったサミュエルズはわたしを見て、「そうご立派ぶった目つきで見るんじゃねえよ！」と言ったのです。「こいつは脅迫じゃねえんだ。もらって当然の金なんだ」

〝あの場所〟とはテンス・ストリートとエンバンクメントが接する角でした。わたしたちは無人の建物の入り口に立って話をしました。サミュエルズは堕落していました――かつてはいい時期もあったのでしょう。あなたに電話をかけて、わたしのあとをつけてもらおうと思いましたが、でも、お留守でしたね。

木曜日――今日はなんとも不思議な出来事がありました。クレアがチキンのクリーム煮を食べたいと言いだしたのです。料理人は作ったことがなかったので、わたしが料理すると申し出ました。作るのに少し時間がかかり、一時間以上は地下室にいたでしょう。チキン料理を持っていくと、クレアの姿はありませんでした。みんなひどく取り乱しました。警察本部に二回、電話をかけたのですが、例によってあなたはいませんでしたね。緊急の場合にこちらから連絡が取れる手段を考えてもらわなければ困ります。クレアは外套を羽織って、庭へ通じるドアから外へ出たのです。客間女中《パーラーメイド》もクレアがいなくなったことに気づかなかったのでした。二時間後、クレアは疲れきって帰ってきました。そして部屋に閉じこもり、もうすぐ晩餐の時間というときになってようやくわたしを中に入れてくれたのです。

今夜、クレアは父親と話をしました。彼は言いました。「こんなばかげたことをしていてはだめだ。おまえのせいでお母さんが半狂乱になってしまうじゃないか」

「気の毒なお母さま！」クレアは答えました。「わたしがどこにいたのかはじきにお話しします。

今は訊かないで」

クレアは泣いていたのでしょう。サファイアの指輪は質に入れたのか、売ったに違いありません。見かけないのです。


いつものように最後の手紙も差出人を書かずに速達で出した。その晩、ミスター・パットンから電話があり、会うことになった。

「一晩、暇をもらってくれ」ミスター・パットンは言った。「事件を解決できるはずだ。きみに話したいんだ」

その夜、ミスター・パットンは角にタクシーを待機させていた。彼が話し始めた頃には、事態はかなり進行していた。

「例の家を突き止めた」ミスター・パットンは言った。「斜視の男が手がかりだった。だが、話せば長くなる。ミス・マーチはできるだけ真実を話したいと思ったんだろうが、少々やりすぎたな。タクシーが四ドル八十セントの料金で行ける範囲で、若い女が二人と醜い老婆に斜視の男がいる、人里離れた場所にある家――裏手に納屋があり、そこらじゅうに悪い噂が広まっている所――それなら、該当する家は二ダースあるだろう。そこに、狭くて急な階段や目印の赤い紐でぶら下がった錫製の洗面器、空き家、木の義足をつけた男が近くにいることといった、生々しい描写をつけ加えれば、当てはまる家は二ダースから一つに絞られてくる。それを我々は見つけたわけだ」

「そこへ向かっているのですか？」

「その近くにだ。どうしてもきみと調べたかったんだよ。ところで、どう思うかい？　きみはずっとこの件のそばにいた――わたしよりも近くにいただろ。クレアの話はどの程度、本当だと思っているのかい？」

「だいたい半分ですね」

「本当のことはどのあたりだ？」

「そうね、クレアは囚われていたわけではないと思います。おそらくその家に自分の意志でとどまっていたのでしょう。それと、クレアは何かを隠している気がします」

「なるほど。そしてまさか我々がその家を見つけるとは思わなかったから、詳しい説明をしたのだろう。だが、何を隠しているのだ？　調べたかぎり、クレアの過去には秘密一つない。四年間、寄宿学校へ行き、女の子たちと付き添い《シャペロン》とともに一年間、外国で過ごしている。そして二年前、社交界にデビューした。デビューした舞踏会に関する新聞記事を読んだ覚えがある。かなり贅沢な舞踏会だったようだ。デビューした最初の冬、クレアは若いペイジと交際して婚約まで至ったが、破談になった。それ以来、ペイジは姿を現していない。今回の件にペイジは無関係だろう。昨年の春、クレアはプラマーとつき合い始めて、彼は夏中、彼女の一家と一緒にいた。学生時代に外国にいた時期は別として、長期にわたって母親と離れていたことはない。つまり、彼女には隠すことなどなさそうに見える。ジュリーという女の話はどう思うかい？」

「本当の話だとは思えません。でも、ジュリーが存在するのは確かでしょう」

「家族はジュリーという名前に心当たりがあるんだろうか?」

「いえ。それに、クレアはお金を揺すられているのよ、ミスター・パットン」

「あの金髪野郎にか?」

「そう」

「あの日、連絡がつかなかったのはなんとももったいないことをしたな。もし、奴を捕まえられれば、もし例の小柄な老女を捕まえられたなら!」

それからまもなくミスター・パットンはタクシーを止め、わたしたちは降りた。町外れの、家が点在する郊外だった。わたしには初めての所だ。目の前には、町が発達するにつれて理由もなく残った空き地があちこちに広がっている。人は家を建てるとき、群れを作ることを好むものだ。家々はひとかたまりになって建っている。おそらく下水やガスや水道のためだろう。左右には野原のようなものが広がっており、人が道から逸れて横切るせいで草はほとんど生えていなかった。かなり前方に道路が通っていた。道の両側はまだ整備されておらず、用心していないと足元が危険だ。

こういったことをその夜にすべて目にしたわけではない。十月の遅い時間で相当暗かったのだ。ミスター・パットンは懐中電灯を持っていて、彼の手元がなんとか見分けられた。目的地は目の前にあった——ぼんやりと明かりの灯る小さな家。

「あまり愉快なことにはならないと思うよ、ミス・アダムス」ミスター・パットンは謝った。

「それに、きみを連れてくる正当な理由もない。だが、ある意味でわたしは困難にぶつかっている。ここを見れば、わたしが見落としている何かに本能で気づいてもらえるかもしれない。さっきも来たんだが、困り果てているんだ。奴らはここに女がいたことなどないと言い張るものだからな。木の義足をつけた男はたまに屋根裏部屋で眠っている、と。そいつは向こうの鉄道で夜警をしているそうだ。ところで、クレアは鉄道の話はしてたかい？」

「していないと思います」

「とにかくあの家はひどい所だよ。警察の目などほとんど行き届いていなくて、町では隠れ酒場と呼ばれている。地下室にはビールがたっぷりあるらしい。ほかに聞いた話だと、あの老婆は売春を斡旋しているそうだ。それならクレアの話の一部が裏付けられる。ほかにも裏付けとなる話がある。老婆は最近、怪我をしたらしい。杖を手に出かけているそうだ。その一方で、もし今日、奴らが嘘をついていたなら、実にうまくやってのけたことになるな」

近づくと、家のそばに一台の荷馬車が止まっていた。始めのうちは彼らが出払っていると思った。するとミスター・パットンが笑った。

「ビールと空き瓶をどこかにやったな」彼は言った。「奴らは怯えたんだ！　さて、心配はいらない。きみは奴らと話さなくていい。ただ、目をしっかり見開いていてくれ——それだけだ」

わたしは不安だった。その場所には何か邪悪な空気があった。今でも、ミスター・パットンがドアをノックしたときのことをぼんやりと覚えている。有無を言わさぬ法の求めに応じて暗がりに顔を覗かせた、醜悪な老婆のことも。

「いやあ、奥さん」ミスター・パットンは陽気な口調で言った。「またお邪魔しますよ。少しばかり中を見せてもらいたいんでね」

老婆はドアを閉めようとしたが、その背後から女の声が聞こえた。

「入れておやりよ、かあちゃん」女は言った。「こちとら、隠すものなんてないんだ。入っとくれ、だんな」

地下室から、瓶の入った箱を抱えた男が上ってきた。瓶の上から覗く彼の顔が今でも目に浮かぶ。不快になるほど青ざめて、すがめた目。明らかに彼は警察の手入れだと思ったようだ。それからわたしに気がつくと、男の顔に血の気が戻った。

「家ってえのは、一家の主の城だろ」男は怒鳴った。「おれたちゃ、ちいっとビールを飲んでるだけだ。そいつは法を破ることにならんはずだがな」

「ああ、そうだな」ミスター・パットンは機嫌よく言った。「ランプを貸してくれないか」

その家には部屋が四つあるとわかった。わたしたちは玄関を入って正面の部屋にいた。隅にベッドがある乱雑な部屋で、むっとするような悪臭がたちこめている。その奥には台所があり、テーブルに夕食の残りが載っていた。正面の部屋と台所の間に狭く急な階段があって、階段口はドアが閉められるようになっており、上りきった所は狭い踊り場になっていた。その踊り場に面した部屋のドアが二カ所開いている——一つは居間に通じ、もう一つは台所の真上にある小部屋か屋根裏部屋に通じていた。この部屋にミスター・パットンは煤けたランプを手に入っていった。

「ここが例の部屋だ」彼は言った。「下に納屋が見えるからあの窓だな。この部屋には台所から煙道が通じている」

わたしは部屋を見まわした。むさくるしくて汚い部屋だった。漆喰があちこちで剝がれ落ちている。剝がれていない漆喰は雨漏りのせいで変色していた。家具といえるのは不潔な寝具を載せた、床に敷いたマットレスと、座面が壊れた椅子が一脚、それと洗面台ぐらいだ。クレアの話では、洗面台はなくて錫製の洗面器があるだけということだった。赤い紐のついた錫製の洗面器があった。ミスター・パットンはいかめしい顔でわたしを見ている。

「さて、どう思うかね？」彼は訊いた。

「奇妙ね」わたしは答えた。「おかしなことがいくつかあります。たとえば、ドアの羽目板の件とか。だってここにはドアがないもの」

「その点については訊いておいたよ。一カ月ほど前に蝶番が外れたそうだ。で、ドアは取り外して薪にしたらしい」

わたしはなおも視線を走らせた。ミスター・パットンはかがんでドアの蝶番を調べている。

「クレアは窓ガラスを割ったと話していました。窓の一つは確かに割れていますが、納屋が見えるほうの窓ガラスは割れていません」

ミスター・パットンは窓辺に来て、窓枠に手を走らせた。

「窓枠がねじで止まっている。その話は出てたじゃないか！」彼は言った。薄暗がりの中でわたしたちの目が合った。親しみのこもった視線の交錯だった。ミスター・パットンはこの場所に違いないと確信していたし、わたしのほうは強い疑念を抱いていた。

その汚らしい屋根裏部屋の隅々を見ているうちに、わたしはクレアの部屋の優美さを思い出していた。明るいチンツ織のカーテンや輝いている銀製品。柔らかな光を投げかけるいくつものランプやクッション。部屋の奥にある白い浴槽。申し分なく世話を焼いてもらえるマーチ家のありさまを思い浮かべ、階下の老婆が脂ぎった食べ物を持ってそこの階段を上ろうとしている姿を想像しようとした。そして、あの晩のみじめなクレアがこの悲惨な場所にいる姿を目に浮かべようともしてみた。無理だった。何かが違っている。

ミスター・パットンが重々しい微笑を浮かべて振り返った。

「さて、どうやらきみの本能はわたしの訓練された能力に逆らっているようだな」彼は言った。「ここが例の場所だと思うかい?」

「クレアがここにいたなんて信じられません」わたしは言った。「理由は訊かないで。ただ信じられないだけです」けれどもややあって、自分の本能が正しいと感じた。「覚えていますか?」そう尋ねた。「風にはためいていた、鋼板印画についての詳しい説明を」

「ああ、そうだった!」

「鋼板印画がないだけではありません。漆喰壁には釘の穴さえ見当たらない。ここにはそんな印画などなかったんです」わたしは勝ち誇って言った。

第七章

わたしは幾度となく考えていた。あの翌日、ブリックヤード・ロードにある薄汚い家にクレア・マーチを連れていったらどうなっていただろうかと。ブリックヤード・ロードとは作られてから忘れ去られた道の、あの土地での呼び名だった。

クレアは嘘偽りのない話をしたのだろうか。それとも嘘だったのか。もし、本当の話でなかったとしたら、たとえば鋼板印画が見当たらなかったといった、事実と食い違う点をどう説明するつもりだったのだろう？　クレアは無言を貫いて逃げるつもりだったのか？　自分が描写したごく些細な部分でわたしたちを混乱させようと思ったのか？　あのおぞましい日々、バックルの付いたバッグを警察がどのような経路で入手したのかということや、それでもなお結論を引き出せないことをクレアは考えたのだろうか？　クレアがわたしの正体を疑ったことはあったのだろうか？

疑念を持たれていると思ったときはあった。クレアはあまり助けを求めようとしなかったのだ。わたしは医師に出された薬を彼女にのませ、栄養状態に気をつけ、ときどきは本を読んであげた。クレア付きのメイドが身のまわりの世話をしていた。そのことにはかなりいらいらさせられた。

一度ならず、クレアに観察されているのに気づいたことがあった。本から目を上げると、物言いたげな目でこちらを見ていたのだ。でも、彼女は何も尋ねなかった。

ミスター・パットンはクレアをブリックヤード・ロードに連れていくのを待ちわびていた。だが、クレアの体力はまだ回復していなかったし、状況を考えれば無理もないが、彼女はブリックヤード・ロードへ行きたくないという態度だった。けれども、わたしには合点がいかない点がほかにいくつかあった。クレアがミスター・プラマーに会いたがらないことがその一つ。それなのに彼女は何時間も座ったまま、ミスター・プラマーの写真を見つめていた。メイドはクレアの厚い信頼を得ているらしかった。一度ならず、クレアとメイドの間に了解しあった視線のやり取りを目にした。クレアが本当にまともなのかとわたしはときどき思った。もちろん、気が触れているわけではないだろうが、精神が奇妙に歪んでいるようだったのだ。

表面的にはすべてが穏やかにすぎた。クレアは妖精の国のような部屋で寝起きし、花に囲まれていた。顔色はよくなってきている。柔らかなネグリジェに身を包んだクレアは花のように見えた。まさに完璧な一幅の絵だった。回復期にある愛らしい患者、硬く糊付けされた制服を着て帽子をかぶった看護婦、白と黒のお仕着せ姿のメイド、花々、秩序、上品さ、背後でおろおろしている恋人。けれども、この看護婦は患者の症状と無関係の記録をつけていたのだ。メイドは謎めいた気配を隠せるほど賢くなかった。それに階下を行きつ戻りつして待っている恋人が、聞きたがっている言葉をかけられることもなかった。

ミスター・パットンとブリックヤード・ロードに出かけた翌日、わたしがいきなり自分の部屋に入ると、メイドのホーテンスがクローゼットの中にいた。ホーテンスはしきりに謝って部屋から出ていった。置き忘れたドレスを探していたんです、と彼女は言った。ちっとも信じられなかった。

ホーテンスが出ていくと、わたしはクローゼットを入念に調べた。掛けてあるのは数着の白い麻の服と、外出着、雨用の外套。クローゼットの端にはその晩に掛けておいた、クレアが家へ戻ってきたときに着ていたぼろぼろの服があった。部屋のドアに鍵をかけ、クレアの服を取り出して注意深く調べてみた。

着古した黒いスカートはかなり短かった。ぼろぼろで汚れたブラウスは粗末な糸を使い、荒い針目でぞんざいに縫い合わせてあった。下着も同様で、いい加減に縫ってある。ブラウスも下着も、いかにもブリックヤード・ロードの家のような環境に似つかわしい。でも、スカートは感じが違った。やはりみすぼらしいのだが、仕立てはいいし、丈を詰めてあった。

そのとき、あるものを発見した。町でも一流の仕立て屋の名がウエスト部分の内側に織り込まれていたのだ。この点についてしばらく考えをめぐらせた。このスカートはどうしたってブリックヤード・ロードとはしっくりこない。これは貴重な手がかりかもしれないという気がしてきた。ホーテンスもこのスカートのことを知っているようだから、ぐずぐずしている暇はなかった。

その日、意外な形で事態がわたしに委ねられることになった。ミスター・パットンがこの冬最初の氷で滑って、以前怪我した脚を痛めてしまったのだ。彼はいらだちのあまり頭が変になりそうだったらしい。

「とにかく、よく目を開けといてくれ」特別配達で来た手紙にミスター・パットンはそう書いていた。「それから、いつものように毎日、報告書を送ってほしい。非常に重大なことが起こったら、わたしのもとに来ること。我々が会った奴らには見張りをつけてある。もし、あの金髪の若造を見かけたらあとをつけて、機会があり次第、電話をしてくれ。きみと交代する者を送る。まだすべてが解決したわけではないんだ」

手紙を読んでわたしの計画は少々狂ってしまった。震える筆跡から判断すると、手紙を書いたときのミスター・パットンには痛みがあったようだったからなおさらだ。どうやら一日かそこら、一人きりでやらなければならないらしい。

でも、わたしにだって何かできるだろう。たとえば、あのスカートのことを探るとか。マーチ家に来てからすでに八週間が経っていて、実際、まったく休みはなかったのも同然だった。二時間の休憩を願い出ると、その日は休みにしていいとマーチ夫人が言ってくれた。

わたしはこの機会に飛びついた。願ってもないことだった。

スカートを手にし、あまり好意的と言えないホーテンスの目の前から悠然と持ち出した。スカートの出どころを明らかにしたかったのだ。もし、これがクレアのために仕立てられたものなら、服をすべて奪われたという彼女の話は真っ赤な嘘になる。クレアのスカートでないなら、誰のものなのかを突き止めるつもりだった。公園の木々の枯れ葉が乾いた音をたてながら舞い、どの曲がり角からも風が背中に吹きつけてきて、流行の先端を行く女性たちがシーズン最初の毛皮をまとって冬の衣装をあつらえに仕立て屋へ突進する秋の午後、スカートについて調べるために、わたしも仕立て屋へ向かった。

　はっきり言って、わたしはその店にふさわしいおしゃれな格好はしていなかった。店の者に注意を向けてもらうまでかなり時間がかかり、数時間の休暇は飛ぶように過ぎていった。ようやく店主がわたしのほうを振り向いたので、持ってきた。

「こちらの店で作られたスカートについて知りたいんですが」そう切り出した。「こちらのお名前がウエスト部分にありました。とても重要なことなんです」

「しかし、奥さま」店主の男性は言った。「手前どものお客さまについてお話しするわけにはまいりません」

「きわめて重要なことなのです」

「お話しするのは無理ですよ。そんなことをしたら大勢のお客さまを失ってしまいます。手前どもでは注文品の記録はとっておりません」

「ウエスト部分に番号がありましたが」

　店主がわたしを離婚でもしそうなタイプだと思ったのは間違いない。彼は手のひらをこちらに向けて両手を伸ばした。

「どうかご理解ください。お話しするわけにはいかないんです！」

　わたしは外套の襟をめくり、ミスター・パットンからもらった警察バッジを見せた。ミスター・パットンはこう言っていた。「必要に迫られるまで警察バッジは見せるな。だが、見せるべきときが来たら、振りかざしてやれ！」

そこでバッジを振りかざしてやったのだ。十分もしないうちに情報を手に入れたが、始めのうち、それは役に立たなかった。仕立て屋はそのスカートをあつらえた女性の名を教えてくれたが、聞いたこともない名前――ミセス・カーショーという女性だった。

「絶対に確かなんですね？」

「確かですよ、奥さま。ウエスト部分にある番号ははっきりしています。それに、スカートを仕立てた職人の一人が覚えています。一年くらい前の嫁入り衣装の一つでした」

わたしは捜査をしたい欲求にとらえられていた。自分が調べ始めたものを最後まで見届けたかったのだ。仕立て屋はさっきまでと違う敬意を込めて、包み直したスカートをわたしに渡すと、出口まで見送ってくれた。

「カーショー家と揉めるようなことにはなりませんよね？」仕立て屋は言った。

「問題ないでしょう」口から出まかせを言った。「わたしはミセス・カーショーが手放したスカートを追っているだけですから」

もちろん、そのとおりだった。自分の口から出た言い訳を、その後わたしは信じることになった。ミセス・カーショーはこのスカートを処分したのだった。

ミセス・カーショーと会うために家を探して、残り少ない午後の一時間半を費やした。ミセス・カーショーはたいそう愛想のいい人だった。警官バッジは見せなかった。その必要もなかったのだ。盗難品の中にあったという話をでっちあげ、スカートもその一つだと説明した。ミセス・カーショーは協力したくてたまらない様子で話してくれたのだけれど……。

「あまりよく覚えていないんですのよ」彼女は言った。「嫁入り用の服をかなりたくさん処分してしまったの、型はすぐに変わってしまいますものね。あ、そうそう、あの服をどうしたか思い出したわ！　フロイラインにあげたのよ――フロイライン・シュレンカーに。でも、盗まれたとはね！　フロイラインほど正直なおばあさんはいませんよ」

「お年寄りなんですか？」

「ええ、そうよ、かなりのお年寄りです。小柄な方でね、本当に変わっていた。寄宿学校でわたくしを教えてくれたんですのよ。当時でも、年老いて見えたわ。かわいそうなフロイライン・ジュリー！」

わたしの唇はからからに乾いた。ジュリーだったとは！

「ミセス・カーショー、フロイラインの外見を教えてくれませんか？」

「まさか彼女を疑っているんじゃないわよね？」

「いいえ、とんでもありません。ですが、彼女にぜひ会いたいんです」

「そうね、小柄な人よ。猫背で脚が不自由で。わたくしが彼女を知ったあとに足首を痛められたの。とても倹約家で、フロイラインは裕福なのだとわたくしたちはみんな思っていました。でも、そうじゃないと今では思っています。彼女には面倒をみている弟さんかどなたかがいらっしゃるようです。フロイラインは黒玉が付いた、色あせた黒いボンネットをかぶって、風変わりな古い外套を着ています。それから……ああ、そうだわ、いつも同じバッグを持っています。バックルの付いた外国製の。あのバッグのせいで彼女がお金持ちだとわたくしたちは思ったに違いないわ。

とてもしっかりした作りのバッグなの」

するとと、食事室や庭に通じるドアの所に現れた例の小柄な老女はジュリーだったのだ！　それにまだある。ミセス・カーショーの言う寄宿学校とは、クレアが卒業した学校だったのだ。

「最近、フロイラインと会いましたか？」

「夏の間は会っていないわね。彼女から連絡があったかもしれませんわ。家の者に訊いてみましょう」

けれども、小柄な老女からの連絡はなかった。わたしは彼女の住所を控えた。どうやら事態は収束に向かっているように思われた。

カーショー家を辞去したときはかなり暗くなっていた。凍えるような寒さだったし、空腹だった。とはいえ興奮しているせいで、食事をとる気にはなれなかった。この新しいゲームに、わたしは初めて熱意を感じていたし、自分と無関係の問題に首を突っ込むという、躊躇してしまうほどの嫌悪感も気にならなくなっていた。探りまわることへの大義名分は正当だと思われたのだ。もしもクレア・マーチがブリックヤード・ロードの家に閉じ込められたのでなかったとすれば、彼女は真実を語ることが怖くて、監禁されていたと言い張っていたのだろう。これまでにもヒステリックな若い女性が同様の行動をとったことを知っている。ブリックヤード・ロードにいる一家を信じる気にはなれなかった。でも、彼らに罪がないなら、迷惑をかけるわけにはいかない。わたしは真実を追求しているのだし、ぜひとも手に入れるべきだと感じた。綿密な行動計画など立てていなかった。あの小柄な老女とじかに会いたい――それ以上のことは考えていなかったのだ。

　屋敷に戻ると、七時だった。再び町を横断して帰ってきたのだ。お腹がすいていたし、寒さで震えていたし、まだ包みを小脇に抱えている。その日初めて落ち着かない思いを味わっていた。失敗しないかという恐怖心に襲われた。手術室の担当になって、会ったことのない外科医が執刀するときは、今と同じような感じだった。その医師は縫合糸に絹を使いたがるだろうか、それとも羊の腸線？　これまでどんな溶液を使ったのだろうか？　助手は時間どおりに手術室に着いて器具を用意できるだろうか、と。今はフロイラインのことを案じていた。彼女はあのスカートのことを否定するだろうか？　もしも否定したら、マーチ家を訪れた夜の件でフロイラインを責めるべきだろうか？　それとも、バックルの付いたバッグに入っていた手紙のことを問い詰めるべきか？

　その家は横町にこぢんまりと建つ、居心地よさそうな煉瓦造りの二階建てで、木製のポーチがしつらえられ、玄関のドアにかかったカーテン越しに明るい光が漏れていた。わたしの呼び鈴に応えて現れた女性はこの家の主人に違いなかった。白いエプロンを身に着け、あたりには料理中のおいしそうな匂いが漂っている。

「フロイライン・シュレンカー？」彼女は言った。「ああ、確かにこの家に住んでましたよ。今はいないけど」

「どこへ行ったら会えるでしょうか？」

　女主人はためらった。

「はっきりとはわからないねえ。ここんとこあたしたちはフロイラインのことを心配してるんですよ。あの人は二カ月くらい前に休暇旅行に出かけたままなんでね。ブリックヤード・ロードの家を借りる件でフロイラインと会いたいんですか?」

一瞬、わたしの目には白いエプロン姿の人物が二人と、玄関のドアが二つ、はっきりと見えた!

「ええ」できるだけ冷静に言った。「いつ……いつ、空くのでしょうか?」

「空いてますよ」彼女は答えた。「あたしにはどうしたらいいかわからなくて。フロイラインは貸したくてたまらないようだったけど、いなくなってしまったし、何の連絡もないんですからね……鍵が要りますか?」

ブリックヤード・ロードの空き家とは!

「お借りしてもよろしければ」

「すぐ返してくれるわよね?」彼女は家の中へ入っていき、テーブルの引き出しから鍵を取り出した。「たいがいのことなら、フロイラインは何でもしてくれますよ――一階の部屋の壁紙を替えるとか、屋根を直すといったことならね。こぢんまりとしたいい家ですよ」わたしは鍵を受け取ったが、まだぼんやりしていた。「あの近辺はこれからにぎやかになりますよ」女主人は言葉を続けた。自分の下宿人にとってのいい結果を願っていることがはっきりとわかった。「近いうちにあそこの通りは舗装されると思いますよ」彼女の口調にはためらいがあった。家を勧めたい気持ちと、勧めてもいいのかという気持ちが葛藤しているのは見え見えだった。「必ず鍵を返してくれるわね？」

「明日、こちらへお持ちします」

通りをいくわたしを、女主人はなおも落ち着かない様子で見送った。わたしは背中に正直さをにじませようと努力し、正しい生き方をしている人間らしく見えるような足取りを心がけた。急に彼女が心変わりし、鍵を返してくれと追いかけてきそうな気がしたからだ。角を曲がってしまうまではろくろく息もつけなかった。

最初に目についたレストランで食事をとった。何かお腹に入れる必要があったし、考える時間がほしかった。始めはミスター・パットンに電話をかけるつもりだった。体が温まって疲労感が消えると、一人でやってみようと心が決まった。これはわたしの初めての事件なのだ。成功させたかった。白状すると、ミスター・パットンに誉めてもらいたくてたまらなかったし、かつて彼に言われた言葉を思い出したのだった。

「この商売ではな」と彼は言ったものだ。「二人でやってると、相手が邪魔になるときがあるもんなんだ」そのことを思い出していた。

わたしはじっくりと時間をかけて食べた。あわてて食事したことはない。最初の寒さが訪れた秋の日の石炭貯蔵室みたいに、急いで食べ物を詰め込む胃袋をさんざん見てきたのだ。食べている間、例の鍵を目の前のテーブルクロスに置いていた。鍵には黄色のタグが付いていて、小さくて几帳面なドイツ語の文字が書いてある。

「ブリックヤード・ロードの家の鍵」と読めた。「台所のドア」と。

レストランを出たとき、帰るまであと二時間半くらいしか余裕がなかった。となると、タクシーに乗るしかない。所持金を数えた。十三ドル。これだけあれば足りるだろう。

タクシーを降りた所からブリックヤード・ロードまでは一、二ブロック離れていた。タクシーには待っていてもらった。人の住まない、共同墓地のような野原の向こう側で。タクシーがここと、生きている人間の世界とをつないでくれる気がした。車の明るいライトは心を落ち着かせてくれた。運転手は肩幅の広い男だった。彼から箱入りマッチを借りた。どう思われただろうか、とわたしは何度となく考えたものだ。

ミスター・パットンと捜索に行った家は、前と同様にぼんやりした明かりが灯っていた。わたしはその前を、安全と思われる距離を置いて通過した。今回はブリックヤード・ロードにもう一軒ある空き家が目的地だった。二軒の家は似通っていた。同じ建築業者が建てたに違いない。一つの思いつきだけがわたしに勇気を与えてくれた。明かりのついた家では老婆が歌っている――やけに感傷的な声だった。まわりにある、ぐらぐらした板張りの道を誰かが歩いていた。一歩進んで、コツンという音、また一歩進んで、コツン。もちろん、片足が義足の男だろう。

夜の空き家にはどことなく恐ろしい気配があった。家とは親密な雰囲気があり、発散している空気はことごとく人間的なものだ。人生が始まり、そして終わる場所。わたしはつねに信じているのだが、思考とは形あるものだし、痕跡を残す物体なのだ。

そんな感覚を、わたしはブリックヤード・ロードの小さな家に感じていた。途方もなくびくついている。もう一軒の家は危険だ。仲間のような気持ちなどとても持てなかった。どうしようもなく孤独だと感じた。星の明かりすらない。よろよろと手探りしながら進み、家をまわりこんで裏のほうへ向かっていった。隣の家からは口論する声が聞こえてきた。老婆は歌うのをやめていた。そして誰かが瓶を割る音。

ようやく台所のドアを探し当てた。ドアにたどり着くには納屋を通り抜けなければならない。納屋に入り、気づかれる危険がなくなると、マッチを擦って鍵穴を見つけた。鍵は簡単に回った。ドアを開けたとたん、かび臭い空気が流れ出てマッチの炎を消した。まるでヴェールさながらの濃い闇に覆われ、ぎょっとした。

再びマッチの火を灯すまで一、二分かかり、台所を調べるのにさらに時間がかかった。ここはつい最近まで使われていたようだ。コンロにやかんが載っていて、ひっくり返った箱には半端物の皿が何枚かきちんと積んであった。パンの塊があったが、灰色がかった緑色のかびで覆われている。テーブルも椅子もなかったけれども、部屋の隅には簡易ベッドが置かれ、きちんと整えてある。ログキャビンキルトがかけられた、整然としたベッドを見たときの安堵感をわたしははっきりと覚えている。

マッチの火は消えたが、マッチ箱にはまだたくさん残っていた。もう不安は感じていなかった。ログキャビンキルトが醸し出す平和な気分が心を落ち着かせてくれたのだった。ほとんど油は入っていなかったが煤けたランプを見つけたので、つけてみた。かなり冷静になっていた。夜に一人きりで遺体安置所に遺体を安置した経験なら、一度ならずある。空き家などに怖気づくつもりはない。とはいえ、ランプの明かりは心をなごませてくれる。わたしは荷物を下に置いて正面の部屋に入っていった。

とたんに腰を抜かした。部屋の真ん中に影のようなものが立ってかすかに動いている。危うくランプを落としそうになった。前に、ある患者が「心臓を一拍打ちそこなった」と言うのを何度か聞いたことがあった。まさしく今、わたしの心臓はそうなっていた。ところが、それはガス栓にぶら下がった、黒い女物のドレスだとわかった。開いた台所のドアから吹く風に揺れている。

たちまち不安になってしまった。この家に住んでいる人がいたらどうすればいいんだろう？最近まで誰かが暮らしていたことは間違いなかった。わたしは日頃の習慣のおかげで音をたてずに移動していたが、普段よりも注意深くなっていたのは確かだ。逃げ出したいと思ったものの、それ以上に強い気持ちがあった。台所の真上の屋根裏部屋に、ピルグリム・ファーザーズたちの上陸を描いた鋼板印画があるのかどうか、どうしても確かめたかったのだ。もし、わたしが正しければ――この家にクレア・マーチが閉じ込められていたとしたら、もし、クレアが細かく描写した隣の家の様子は、窓越しに得た情報だけを基にしたものだったなら、それは何を意味するのだろうか？　ジュリーはどこにいるのだろう？　もしもわたしが何かをつかんでいるとするなら、風に揺れている、この古ぼけた黒い絹のドレスはジュリーのものなのだろう。

もちろん、こういった答えをすべて思いついたわけではなかった。部分的に感じ取ったにすぎない。なぜなら次の瞬間、階段上のドアの開く音が聞こえたからだ。とっさにランプを吹き消したが、恐怖で麻痺したようになって逃げ出せなかった。でも、うまく逃げられたはずだ。ここの階段は隣の家のものと同様に、階下でドアを閉めて封鎖できるようになっている。わたしはこの部屋から走り出て台所に行くべきだったのに、ためらってしまった。もう遅すぎた。足音は階下のドア付近で聞こえている。

その夜以来、わたしはときどき悪夢を見るようになってしまった。夢の内容はいつも同じ。暗い部屋に立ち尽くしていると、ひそやかな足音がだんだん近づいてくるというものだ。そして何かがこちらに向かってくる。音は聞こえているのに、何も見えない。そして、その氷のような冷たい両手がわたしの体に触れる。わたしは悲鳴をあげ、金縛りから目覚めるのだ。一度など、悪夢を見ていたわたしの悲鳴で、神経質な患者を痙攣するほど驚かせてしまったことがあった。

暗闇は恐ろしかった。揺れている例の服に触れてしまった。もう少しで気を失うかと思った。階段のドアはすぐさま開いたわけではなかった。何がそこに立って待っているのか、わたしは必死に考えた。もしかしたらあの老女、ジュリーがいるかもしれないと思ったのだから、尋常じゃない精神状態だった。おそらく彼女は死んでいて、この階段に戻ってきたと考えてしまったのだ。ランプを落としそうになった。

正体不明のものに対して身構えたとき、ドアの開く音が聞こえた。そこにいるのが何であれ、耳を澄ましているのは間違いない。開いた台所のドアを通じて隣の家の歌声や、それに合わせて誰かがテーブルを叩く音が聞こえてくる。おかげで、自分のあえぐ息遣いは聞こえなかった。階段のドアはさらに大きく開き、狭い廊下を誰かが近づく音がした。その誰かとの距離は八フィートくらいだろう。

足音がどちらへ向かうのか耳を澄ませていると、百年経ったような気がした。足音は静かに台所のほうへ進んでいる。呪いの言葉よりも恐ろしい、慎重な足取りで。つかの間の小休止が訪れたとき、わたしは玄関のドアへ向かおうと思った。鍵を差したままなら、逃げられるかもしれない。ドアが見つかった。鍵はない。狂乱状態になったその一瞬であっても、鍵がどこにあるのかはわかっていた。警察署にある、バックルの付いたバッグの中だ。どうやら罠にはまってしまったようだ！

台所からは今やさまざまな音が聞こえてくる。マッチを擦る音がして、わたしが持っていたランプらしき照明があちこち動きまわった。それから蠟燭の炎と思われる、ぼんやりしているが安定した光が見えた。続いて、ストーブの蓋を慎重に持ち上げる音と、紙がこすれあう音が聞こえた。紙の音を聞いて思い出した。簡易ベッドの上に荷物を置いてきてしまったことを！

荷物が発見された瞬間ははっきりとわかった。布を引き裂く音が聞こえ、そのあとの静寂の中でわたしは震えていた。すると蠟燭が消え、またしてもあたりは完全な沈黙に包まれた。だが、今度はわたしは緊張ゆえに耳を澄ませ、あらゆる感覚がピリピリするのを感じていた。そのときのこともときどき夢に出てくる、恐怖に彩られた静寂の時間が。

わたしは筋肉一つ動かすまいとしていた。緊張を緩めるとふらついてしまうと思ったからだ。肺の上のほうだけで息をした。隣の部屋からとてもゆっくりと動く何かの気配があった――一歩進み、また一歩進む音。こちらへ来ようとしている。明かりがついていた間、絶望的な気持ちで恐怖を感じていたが、少なくとも生の感覚はあった。けれどもこうして暗闇の中にいると、またもや魂が抜けるような恐ろしさを感じた！　向こうにいる何かは、急がないが確実にまっすぐこちらへやってこようとしている。動こうとしたが身じろぎもできなかった。黒いドレスが揺れ、氷のような空気が吹きつけてきた。そのとき、漆黒の闇の中から冷たい手が伸びてきて頰に触れた。声も出せないまま、わたしは気を失ってしまった。

第八章

目が覚めると、わたしはがらんとした部屋の床に横たわり、黒いドレスがその上で揺れていた。部屋は少し明るくなっている。顔の向きを変えると、明かりは台所から漏れているとわかった。誰かがそこでせかせかと動きまわっている。陶器の触れあう音が聞こえた。ややあって入り口に人の姿が現れ、こちらを覗き込んだ。

「お目覚めですか、ミス・アダムス？」

クレアだった！　どうにか起き上がって彼女をまじまじと見つめた。

「あれはあなただったの……さっきのは？」わたしは尋ねた。

「ええ。今はその話はしないで。火をおこしているから、すぐに二人でお茶を飲みましょう。今にも凍えそうでしょう、わたしもそうなの」

わたしたちの立場が逆転したのは奇妙な感じだった。それに、クレアには変化が起きていた。陽気と言ってもいい様子だった。彼女はわたしの手を取って台所に連れていき、簡易ベッドに座らせてくれると、忙しそうに動きまわった。

「どこかにお茶があるはずなんだけれど」クレアは言った。「ジュリーはいつもお茶をいれていたから」

クレアは外出用の服装だった。スーツを着て帽子をかぶり、毛皮に身を包んでいる。せわしなく動きながら話そうとしていたが、その晩の肝心なことについての説明は避けていた。大騒ぎして火をおこし、戸外の給水栓からもう一度やかんに水をいっぱい汲んできて、二つのカップをすすぎ、お茶を見つけ、砂糖を探した。そうしながらも、決してわたしの目を見ようとはしなかった。


けれども、床に置いてある鋼板印画をわたしが凝視していることに気づくと、クレアは不自然な礼儀正しさをかなぐり捨てた。

「ピルグリム・ファーザーズたちの上陸！」クレアは重々しい口調で言った。「わたしはそれを焼くつもりだったのよ」

隣の家の物音はしなくなった。コンロにかけたやかんが楽しげな音をたてて沸騰し始めた。狭い部屋はコンロの炎で明るくなっている。クレアは簡易ベッドの前に箱を置き、湯気の立つ紅茶をカップに注いだ。

「お茶をどうぞ」クレアは言った。「それからお話ししますわ、ミス・アダムス。今夜はとても幸せなんです。厄介事が一つあるけど」

その厄介事について、クレアは話してくれなかった。彼女は箱入りのビスケットを見つけて開けた。自分ではほとんど食べなかった。わたしを怖がらせた埋め合わせをすることに夢中になっている。わたしがそこにいたことには何の問題もないようだった。わたしのカップが空になると、クレアもカップを置いた。

「さて、始めましょうか」クレアは話を切り出し、上着を脱いだ。それから、柔らかな風合いのブラウスの片袖をまくり、腕を差し出した。わたしは驚いて声をあげた。

「コカインよ！」クレアはあっさりと言った。「もう一方の腕にも痕が残っているの。初めてコカインをやったのは学校で歯が痛んだとき」わたしは言葉を失い、ただクレアを見つめるばかりだった。「でも、もうすべて終わりました」クレアはきびきびした口ぶりで続けた。「今日、わたしは……こまかなことはあとでお話ししますね。解決方法は一つしかないとわかっていたのよ、ミス・アダムス。自分でどうにかしなければならなかった。もちろん、父も母も助けてくれたでしょう。でも、それだと両親の意志になってしまって、わたしの意志にはなりません。強くなるためには自分の意志を鍛錬しなければならなかったんです。ああ、よくよく考えた結果なんですよ。だって――このことは両親に知られたくなかったの。すべてが終わった今でさえ、知られるのは嫌。両親に見つからないように嘘をついたんだけど、刑事さんには嘘だとわかってしまったのね」

クレアは熱をこめて率直に、洗いざらい話してくれた。彼女がほっとしていたのは間違いなかった。その夏、クレアは計画を立てて徹底的に実行したのだった。前にも試したことはあったものの、失敗していた。今度は強い動機があった――結婚したかったのだ。

「わたしは子どもを産みたかったんです、ミス・アダムス」クレアは言った。「あんな状況は耐えられなかった。夏中、なんとかしようとして失敗しました。気が狂いそうでした。すると、ジユリーから手紙が来たんです。学生の頃、ドイツ語の先生だったジュリーがわたしは大好きでした。ジュリーは精神に異常をきたした弟さんをずっと世話していたのですが、彼が亡くなったんです。ジュリーはもう一度働きたがっていました。かわいそうなジュリー！

ジュリーなら助けてくれると思いました。大変なことだとわかっているつもりだったのに、わたしはちゃんと理解していなかったのね。とにかく、ジュリーに手紙を書いてすべてを打ち明け、自分の計画を話しました。弟さんのお見舞いのためにジュリーを訪ねたことがありましたから、この家は知っていました。ジュリーに頼んで、暗くなってからわたしの家まで行って、しばらくの間暮らせるだけのものを持ってきてもらうことにしたんです。ジュリーの家にいることは知られたくありませんでした。大騒ぎになって、ジュリーとわたしとのつながりを突き止められるんじゃないかと思ったから」

「ご両親はジュリーという名の人物にまったく心当たりがないとおっしゃっていましたよ」

「両親は彼女をフロイライン・シュレンカーとして覚えているんです。ジュリーに会ったこともありません。わたしは町に出て毛布を数枚と本を一、二冊買い、ここへ来ました。ジュリーはこの家でまあまあ安定した暮らしをしていたの。わたしが来てからも、ジュリーは計画に反対していたけれど、両腕を見せると、絶望的な状況だとわかってくれました。わたしはコカイン――吸うつもりで町で手に入れた――を持っていたのです。コカインなしでは死にそうだったわ。でも、ジュリーはコカインの量を減らすつもりでした。わたしは部屋に閉じこもり、鍵をジュリーに渡しました」

「金髪の男からコカインを手に入れていたのね？」

「ええ。彼は最初、薬局に勤めていたんです。わたしはそこで処方箋を出してコカインを手に入れていました。そのうちに彼はわたしを疑い始めて。薬局を辞めたあとも、彼はコカインを調達してくれました。どこででも彼と会ったものです。路上でも公園でも、どこでも。でも、たいていはエンバンクメントで会いました。おそらく彼にふっかけられていたのでしょう。とうとう彼に多額の借金をする羽目になってしまいました。そのことで悩まされ始めたんです。お小遣いをはたいても、まだ足りませんでした。

わたしはジュリーにコカインを渡し、彼女はその量を減らしてくれました。一回につき少しずつに。薬が切れると禁断症状に苦しみましたわ、ミス・アダムス。でも、そういうことはご存じでしょうね。自殺したくなった日もたくさんありました。一度など、ジュリーはわたしの両手を背中に回して縛ってくれました。ジュリーはすばらしい人でした——本当にすばらしかったわ！何もかも彼女のおかげです。わたしは堕落していたのよ、ミス・アダムス。コカインを手に入れるために嘘をつき、盗みを働き、人殺しさえもしていたでしょう。コカインのために生きていたようなものでした」

「すべてこの家であったことなの？」

「ええ、二階で。窓から野原が見えて、鎧戸が開けられる奥の部屋です。わたしがそこを選びました。それに、階下で火が焚かれると部屋が暖まりましたから。貯蔵室には石炭があまり残っていなかったし、買うこともできませんでした。ジュリーは暗くなってから外出して買い物していたんです。何もかも、思っていたよりはるかに時間がかかりました。一カ月の予定でしたが、それ以上かかったんです。お金も底を尽きかけてしまって。五週間がすぎたとき、わたしたちはすっかり途方に暮れていました。だから、ジュリーをうちに行かせたんです」

そのときのことなら充分すぎるほど覚えていた！　でも、わたしは話の邪魔をしなかった。

「父はいつも役員報酬の一部をわたしにくれていました。金貨でもらったので、化粧台に置いた銀製の箱にあるクッションの下に入れておきました。一度に何枚ももらったこともあります。金貨のほとんどは結局、さっきお話しした男の手に渡りました。この夏に姿を消す前、わたしは金貨を何枚か箱に入れていました。どれくらいあったか覚えていません。頭がぼうっとしていましたし……。でも、五十ドルはあったに違いありません。家の鍵を持っていたので、庭のドアの鍵をジュリーに渡しました。ジュリーは怯えていましたが、わたしたちは絶望的な状態だったのです。ジュリーは苦もなく屋敷に入り、金貨を手に入れました。四十ドルありました」

わたしは思い出した。「四十ドルと、本を一冊ね」微笑しながら言った。

「四十ドルと本を一冊──あれはあなたの本だったんですね？　ある日、一週間もコカインを摂取していないわね、とジュリーから言われました。わたしはめまいがして気を失いました。でも、父と母に宛てて短い手紙を書きました。書くべきじゃなかった。真実にほど遠いものでしたし、嫌悪感を覚えました。両親に本当のことを知らせるつもりはなかったの。ミスター・プラマーにも知られたくありませんでした。二度とわたしを信じてくれないだろうと思ったから。でも、あの手紙を書いてしまって、ジュリーが持っていきました。そしてジュリーは二度と戻ってきませんでした。わたしは二階に閉じ込められていたのに！」

「ジュリーは戻ってこなかったのね！」

「彼女は車にはねられて死んでしまったんです。おそらく……刑事さんはそのことを知らなかったのかしら？　ジュリーのバッグを持っていたのに」

　では、例の小柄な老女はやはり亡くなっていたのだ！　気の毒に。すばらしい精神の持ち主だった！

「わたしは閉じ込められていたの」クレアは話し続けていた。「ずーっと待っていましたが、ジュリーは帰ってきません。そのときまでに一日以上何も食べていなかったし、まる二日間は水すら飲めませんでした。絶望して隣の家に助けを求めようとしました。でも、向こうの老婆は怪我をしていたし、外には誰もいなかったのです。ドアを壊そうともしてみました。ドアには羽目板があって――正気を失っていたという弟さんのためのものでした。外の釘にかかった鍵にもう少しで手が届きそうだったのですが、だめでした。最後の日は意識が朦朧としていたのでしょう。羽目板越しに鍵がしかめっつらをしてたように見えました。わたしが窓から逃げたと、前にお話ししませんでした？」

「そうね。ジュリーの事故のことはいつ知ったの？」

「家に帰った晩です。ほら、わたしは書斎に下りて新聞を探していたでしょう。ジュリーが事故に遭ったんじゃないかと思ったから。体力が回復するとすぐ、家を抜け出しました。すると、ジュリーは身寄りがない人の墓地に埋葬されるところでした。わたしは指輪を質に入れ、せめてジユリーがそんな墓地に埋葬されないようにしたんです」

クレアは泣き崩れた。あまりにも長い間、無理をしていたのだ。事実が明るみに出ないかとひどく恐れるクレアの支離滅裂な話からいろんなことがわかってきた。ミスター・パットンにクレアが話した嘘八百や真実に含まれていた絶望的な気持ち。大丈夫だと自分が確信できるまでは二度と恋人に会えないという不安。ジュリーの死への悲しみと、それに対する自責の念。クローゼットからお嬢さまのスカートを看護婦が取り出していた、とホーテンスから聞いた日にクレアが感じた恐怖心。けれども、しばらくすると、クレアは顔を上げ、涙に濡れた目で微笑んだ。

「これはジュリーのためだけに泣いているんです」彼女は言った。「何もかもみんな終わりました、ミス・アダムス。わたしは治りました、本当に治ったんですよ！　今日は傍らにコカインの瓶を置いて一時間も座ってみましたが、それに触れさえしなかったんですから！」


以上が、ミスター・パットンのために働いたわたしの初めての事件だ。クレアが告白しなかったら、解決できなかっただろうに、親切にもミスター・パットンはとても優しいことを言ってくれた。

「それにしても」ミスター・パットンは言い、足を動かそうとしてたじろいだ。「勇気があれば途方もない力が出るもんだと、何度あきれたことか！　いったいどうして、あの家に一人で出かけたんだい？」

「ピルグリム・ファーザーズたちの上陸の絵のありかを突き止めたかったのよ」

ミスター・パットンは椅子の背にもたれて微笑みながらわたしを見上げた。

「好奇心か！」彼は言った。「きみに欠けている資質はそれだけじゃないかと思っていたが」ミスター・パットンは肘を置いていた小テーブルから封筒を取り上げて差し出した。

「小切手だ。約束の金額だよ」

「お金はいただきたくありません、ミスター・パットン。わたしは……ばかな奴だと思わないでくださいね。報酬ならもういただきました。自分がその報酬にふさわしいとしたらですけど、もちろん、違うわね。とにかく、昨夜、ミスター・プラマーの目を見ただけで充分なんです。クレアが彼の腕の中にまっすぐ飛び込んでいったときの、ね」

「小切手はいらないのかい？」

「ええ、結構です」

「それじゃ、きみのために積み立てておこう。一緒におもしろい事件を解決していこうじゃないか、ミス・アダムス。ともかく、戻ってきてわたしの世話をしてほしい。ここにいる看護婦はわたしにいじめられるままの腰抜けなんだ。わかっているかな、きみは実に変わった女性だよ！若い娘が恋人の腕の中に飛び込んだところを目撃したのが報酬だなんて！」

「何年もの間、他人の喜びや感傷を自分のことのように体験してきましたからね」言い返してやった。「たとえ他人のことでも、感傷的な気持ちは持たなくちゃ！」

「そうだな」わたしを興味深そうに見つめながらミスター・パットンは言った。「感傷的な気持ちは持たねばなるまい！」

こうして書いている今、例のバッグはわたしの目の前にある。二本の鍵も――一本はブリックヤード・ロードにある家のもので、もう一本はマーチ家の庭のドアのものだ。ラベンダー色の封筒もあり、クレアからの殴り書きの手紙が入っている。説明されれば、簡単な話だった。混乱させられたすべてのことも、手がかりがわかれば単純なのと同様に。その封筒は逃げ出したときにクレアがコカインの小瓶を入れていたのだ。そして言うまでもなく、薬局の店員だった男から渡されたものだ。今日まで、バッグに入っていた新聞の切り抜きを慎重に調べていなかった。人の心にある盲点は実に興味深い。何度も繰り返して読んでいたのに。

安売りの毛布の記事の裏側には、薬物中毒の治し方に関する広告が載っていたのだ。

鍵のかかったドア

「たしか約束してくれましたよね」わたしはミスター・パットンに問いただした。「手の内はすべて明かしてくれると」

「いやはや、お嬢さん」ミスター・パットンは答えた。「隠すような手の内なんてないんだよ！ 何かが疑わしいというだけなんだ」

「それじゃ、わたしは必要とされているんですか？」

彼は身を乗り出して両腕を机に載せ、注意深くわたしを見た。

「体調はどうだね？　疲れているのかい？」

「いいえ」

「神経が過敏になっているんじゃないのか？」

「さほどじゃありません」

「また頼みたい件があるんだ。ある看護婦が錯乱状態になってしまったんだが、そのあとを引き継いでほしい」用心深く言葉を選びながら彼は言った。「あまり詳しいことは話したくない。先入観なしで関わってもらいたいからだ。とんでもない事件のようなんだ」

「前の看護婦はどれくらい先方にいたんですか？」

「四日だ」

「四日で錯乱状態になるなんて！」

「そうなんだ、彼女はひどく取り乱している。最悪なのは、これといった理由がないことだよ。ある家族がちょっと異様な暮らし方をしていて、そういう生活を好んでいるからかもしれないし、もしかしたら何かを恐れているからかもしれない。その看護婦が怯えたのは間違いない。今朝、初めて彼女に会ったが、大柄で健康そうな若い女だった。しかし、何度も後ろを振り返りながら部屋に入ってきたんだ。まるで背中にナイフでも突きつけられているかのように。聖ルカ病院から派遣された看護婦で、担当の家には四日間いたと言っていた。その朝、そこの家を出てきたんだ。四日間のうち眠ったのは三時間ほどで、ほとんど部屋に閉じ込められていたうえ、食べ物といえばクラッカーと牛乳くらいしか与えられなかったらしい。これは警察に通報すべき事件だと彼女は思ったと言うんだ」

「その家では誰が病人なの？　患者はどんな人でした？」

「病人などいないと思うよ。フランス人の家庭教師が出ていってしまったから、代わりが見つかるまで子どもの世話をしてくれる有能な人間が必要だったらしい。というか、看護婦は雇われた理由をそう聞かされたそうだ。もっとも、あとになると……うん、彼女はそれを疑問に思ったらしいが」

「どうやってわたしを潜り込ませるおつもりなんです？」

わたしが引き受けるつもりでいることを感じ取ったらしく、いいぞとでも言うようにミスター・パットンは微笑んだ。

「いい子だ！」彼は言った。「潜入方法など、気にしなくていい。きみくらい頼りになる女もいないな」

「たぶん、わたしくらい好奇心が強い女もいないってことね？」と切り返してやった。「四日間の勤務で睡眠は三時間、部屋に閉じ込められて、『警察に行かなくちゃ！』って羽目になるなんてね。家は郊外なんですか？」

「いや、町の中心部だ。ボーリガード・スクエアだよ。聖ルカ病院の制服を何枚か手に入れられるかい？　先方は今度も聖ルカ病院の看護婦を希望しているんだ」

制服なら用意できると答えた。ミスター・パットンは名刺に住所を書き込んだ。

「夕方の早い時間に着いたほうがいい」彼は言った。

「でも、先方がわたしを待っていなかったら？」

「待っているさ」ミスター・パットンは謎めいた口調で答えた。

「もしもお医者さまが聖ルカ病院に勤務している人だったら……」

「医者はいないんだ」

ミスター・パットンのために、バックルの付いたバッグの謎をわたしが解決した、というより、謎解きの手助けをしてから半年が過ぎていた。これまでわたしは彼のためにほかにもいくつか事件に関わってきた。警察が充分に対応できなかった事件を。犯罪や犯罪者に対する、いわば聖戦をこんなふうに記録し始めたときに言ったように、訓練を受けた看護婦は人の心の奥底を理解できるのだ。

ミスター・パットンの見解の正しさがだんだんわかってきた。つまり、犯罪者があらゆる手段を使って社会に災いを与えるなら、社会が犯罪者に対抗してもいいのではないかということだ。始めのうち、わたしは看護婦として学んだ倫理観を一時的に棚上げする手段としてこの考え方を採用していた。今では心理的にも道徳的にも、この見解を大義名分として堂々と振りかざしている。犯罪者が社会を攻撃するのだから、こっちが犯罪者を攻撃したってかまわない！　それ以上に、わたしはこんな考え方を強化して、苦痛を押し殺して悲惨な世の中に立ち向かうときがあった。外科医さながらに、世間から苦悩を永遠に取り除くのだ。

わたしは六カ月の間に六件の事件を担当した。そのうち犯罪者を捕まえられなかったのは一件だけ。それに、白衣とゴム底靴の姿に疑念を抱かれたこともなかった。言ってみれば二重のゲームをやってきたわけだが、患者の誰一人として被害は受けていない。わたしはまず看護婦であり、警察官としての仕事は二の次なのだ。もしもテレピン油湿布をすること――プロは温湿布を使う――と、家からどんな手紙が出されてどんな手紙が来たのかを調べることのどちらを優先するかの問題なら、湿布を選ぶ。しかも申し分なく熱い湿布を貼るだろう。別に自慢しているわけではない。それがわたしのやり方、自分にできる唯一の働き方なのだ。そして前にも言ったように、逮捕し損ねた犯罪者が一人だけなのは、わたしのやり方がまあまあだという充分な証拠になるだろう。逃げられたのは放火事件の犯人だった。事件の犯人だった工場の持ち主は、自宅——彼が保険金で購入した家——の浴室のシャワーで首を吊ってしまったのだ。わたしが朝食のトレイを用意している間に。もしも料理人がトーストを焦がさず、従順に作り直さなかったら、犯人も助かって正義の裁きを受けることになったかもしれない。

今はもう看護婦宿舎で暮らしていない。町中の快適な地域にある、部屋が三つに浴室付きの単身者用アパートを借りていた。休日の朝食は自分で作り、夕食は近くのレストランでとった。昼食についてはあまり気にしなかった。ときどきミスター・パットンから電話がかかってきて、わたしたちを知る人のいない人里離れた店で一緒に昼食をとった。ミスター・パットンはしばしば自分の事件について話してくれ、わたしに助言を求めた。

その日、わたしは制服を買い、タクシーに乗って家へ持ち帰った。服の色はブルーで、聖ルカ病院の看護婦たちは町を歩くときにその上に長い外套を羽織る。英国製の外套は濃紺のサージで仕立てられ、白のフリルと白のローン地のリボンが何本か付いたブルーのボンネットをかぶる。身に着けると奇妙な感じだったが、似合っていたし、動きやすかった。いかにもプロらしく見えることは間違いない。

午後三時に書留で小さな箱が届いた。中には金色とブルーのエナメル製の聖ルカ病院のバッジが入っていた。

四時になると、電話が鳴った。わたしはスーツケースの蓋にいつも貼ってある持ち物リストに従って荷造りをしていた。リストには制服やエプロン、体温計、各種の器具、看護婦用の簡単な検査セット、鉗子、包帯用の鋏などが書かれていて、その下に「箱」とある。これがいつだって最優先だった。鍵のかかったその木箱の鍵は首にぶら下げている。箱の中には万能鍵、わたしには怖くてたまらない小型の黒いリボルバー、手錠一組、小型懐中電灯、それに警察署長からもらった警官バッジが入っていた。びくつきながらリボルバーを調べていたときに電話が鳴り、もう少しで階下に向けて一発撃ってしまうところだった。

電話の相手からどれほどの情報を引き出せるか、考えたことはあるだろうか？　人は表情を取り繕うことができるが、ストレスにさらされているとき、声帯は堅く締めつけられ、出てくる声はか細くて生気がない。わたしの下の部屋に住んでいる小柄な女性——危うく銃で撃ちそうだったけれど——は一日の半分、ピアノに向かって小鳥さながらに歌っている。高音の音階練習を聞いていると、めまいがする。ときどき、彼女の部屋に若くてすてきな男の人が訪ねてくる。すると彼女は音程を外してしまい、ファの音は半音下がり、ミの音は混乱して平板な音になって、ついにみじめな響きのメゾソプラノへと仕方なく変わっていく。そののち、彼女が泣き寝入りしたに違いないことがわかるのだ。

電話してきた男性はひどく緊張して引きつったか細い声だった——どちらかというと若い声だ。「ミス・アダムス」彼は言った。「わたしはフランシス・リードと申します。聖ルカ病院に電話したところ、あなたを紹介されました。今日の午後、患者を引き受けてくださいますか？」

わたしは時間稼ぎをした。相手の声の調子を探ろうとしたのだ。

「今日の午後ですか？」

「そう、とにかく夜になる前に、今日の夕方、できるだけ、できるだけ早く」

男性の声はこわばり、疲労がにじんでいた。絶望的なほど疲れきった声だった。不機嫌そうではない。むしろ感じがいいといっていいくらいだ。

「どのような患者さんなのですか、ミスター・リード？」

相手は躊躇していた。「病人ではないんです。ただ、うちの家庭教師がいなくなってしまって、幼い子どもが二人いるものですから。子どもたちから目を離さずにいてくれる人が必要なんです」

「そうですか」

「あなたはぐっすり眠れるたちですか、ミス・アダムス？」

「眠りはごく浅いほうです」彼の息遣いが楽になったことが想像できた。

「前の担当の患者でお疲れじゃなければいいのですが？」わたしは彼の声が気に入り始めていた。

「元気いっぱいです」陽気と言っていいほどの口調で答えた。「たとえ元気じゃないとしても、わたしは子どもが好きなんです。とりわけ、よいお子さんなら。お子さんたちのお世話であれば少しも疲れない、と断言してかまいません」

またしても奇妙な間があった。すると、ミスター・リードはボーリガード・スクエアにある家の住所を告げ、時間厳守で来てほしいと念を押した。

「断っておかなければならないことがあります」彼は付け加えた。「わが家は型にはまらない暮らし方をしています。使用人たちが何の前触れもなくいなくなってしまったんでね。家内ができるだけの家事をやっていますが、食事はほとんど外から取り寄せているんです」

すばやく考えをめぐらせた。使用人がいないなんて！　裕福な人の中には、訓練された看護婦を上級の使用人のようなものと見なす者が多い。これまで働いてきたさまざまな家庭では、わたしが大学を出ていると驚かれたものだ。そして看護婦と使用人の区別もつかない人々から、不幸な恋愛の結果、看護婦などという大変な道を進んだのだろう、とあからさまに言われることもあった。

「もちろん、お子さんたちの面倒は全力で見させていただくつもりです。でも、わたしが使用人の代わりにならないことはおわかりいただけますよね」

相手が苦笑しているだろうと想像した。

「もちろんですよ。こちらにいらしたら、二度鳴らしてください」

「二度鳴らす？」

「ドアの呼び鈴を、です」彼はいらだたしげに答えた。

わたしはそうすると約束した。

階下の若い女性は陽気に賛美歌を歌って、階上に住む六人の迷惑など無視していた。わたしは再びスーツケースの横にひざまずいたものの、荷物を詰めるよりも考えにふけってばかりだった。暗くなる前に、使用人がいないらしい家に着いてドアの呼び鈴を二度鳴らさなければならない。健康な子ども二人の世話をすることになるが、ぐっすり眠るわけにはいかないだろう。それ自体はたいしたことじゃないけれど、前任の看護婦が警察に訴え出たことと結びつけると、いろいろな可能性が考えられた。

六時に夕食をとりに外に出た。春はまだ浅く寒かったが、奇妙なほど明るい。最初の曲がり角で市電を待っているミスター・パットンを見かけた。すばやくうなずいた彼のしぐさを目にし、わたしもその市電に乗るのだと悟った。ミスター・パットンはわたしの料金を払いもしなければ、話しかけてもこなかった。二人が一緒の場を目撃されないことはゲームの一部なのだ。例外は、前に話した人里離れたレストランだけだった。車内は次第にすいていき、ミスター・パットンの姿を追うのが楽になった。町のかなりはずれまで行ったあたりで彼が降りたので、わたしも降りた。例のレストランはすぐ近くだった。一人で店内に入り、奥まった所にあるテーブルについた。ほどなくしてミスター・パットンがやってきて同じテーブルの向かい合わせに腰を下ろした。わたしたちはメインダイニングの中でもまわりと離れた席にいた。習慣でもあるし、ミスター・パットンがとてもよく知られていたせいもあって、念のために店には心付けを渡してあった。

「ちょっとした情報が入った。我々が話題にしようとしている仕事のことでね」座るなり、ミスター・パットンは言った。「やはり、この件にきみを関わらせていいものかどうかわからない」

「引き受けるに決まっているでしょう」わたしは言葉に棘を含ませて言い返した。「行くって約束したんだから」

「いやいや！　無用な危険にきみを巻き込むわけにはいかないよ」

「怖くなんかないわよ」

「だろうな。南北戦争では多くの将官が亡くなった。安全な場所から戦いを指揮して、自分たちの命と士官学校の高額な訓練費の無駄遣いをやめる代わりに、恐れずに部隊を率いたからだ。どんなバカ者だって危険に飛び込める。危険に近寄らずにいるためには知性が必要なんだよ」

かっとなって頭に血が上るのを感じた。「それじゃ、わたしをここへ連れてきたのは行くのをやめろとおっしゃるため？」

「報告書を二件、読ませてくれないか？」

「そんなことなら、道で会ったときに伝えられたじゃない！」

「報告書を二件、読ませてもらいたいんだが」

「かまわなければ、まずは料理を注文させて。暗くなる前に先方へ行かなきゃならないの」

「報告書を……」

「わたしは行くつもりだし、あなたもおわかりのはずよ。もし、あなたの依頼ということが嫌なら、自分の意志で参ります。先方は看護婦を必要としているし、お困りのようですから」

たぶんミスター・パットンは腹をたてていたと思う。こっちも腹をたてていた。女を本心から激怒させるものがあるとすれば、危険だと男が思ったからという理由で、やろうと決めたことを阻止されることだろう。その女にいくらかでも根性があれば、奮起するに違いない。

ミスター・パットンは無言で財布に報告書を戻し、それをコートの内ポケットに入れると、何か言いたげな態度でメニューに目を通し始めた。こちらにほとんど目を向けなかったが、わたしの決然とした表情を読み取ったに違いない。なぜなら、すぐに用意してもらえそうな料理ばかり注文し、急いでくれとウエイターに声をかけたからだ。

「近頃、わたしは自問しているんだ」ミスター・パットンはゆっくりと言った。「病院でのきみの穏やかな態度は演技だったのだろうか、それとも三年間、命令に従ってきたことをきみが後悔しているのだろうか、とね」

「男の人はいつだって羊みたいにおとなしい女を望むのよね」

「そんなことはない。だが、ペットの仔羊が豹変して噛みついてきたら、かなり当惑するだろう」

「さあ。報告書を読んでもらえませんか？」

「わたしの考えでは」彼は静かに言った。「食事が済むまで待ったほうがいい。そのほうが二人とも少しは気持ちが落ち着いているだろう。牡蠣が来るまで仕事の話はしないことにしないか？」

わたしはむっとしながらも承諾し、食事はまあまあだった。こちらとしては急ぎたかったのだが、ミスター・パットンはゆっくりと時間をかけて食べ、デミタスカップのコーヒーを飲むとウエイターに勘定を払い、ようやくわたしのいらだちに気づいて微笑した。

「どのみち」彼は言った。「きみはどうしたって先方へ行く気だから、報告書を読んでも意味ないんじゃないか？　その家に一時間もいればすべてわかるだろう」しかし、からかいが通じないと見て取ったミスター・パットンは財布を取り出した。

きちんと折りたたまれた、タイプで打たれた紙が二枚入っていた。

今、その紙はわたしの目の前の机にある。最初の報告書には署名があった。

〈聖ルカ病院看護婦寮の正看護婦、ローラ・J・ボスワースによる供述〉

ミス・ボスワースはこう証言している。

〈わたしがなぜ警察署に来たのかわかりません。でも、自分が怯えていることだけはわかっています。それは事実です。ボーリガード・スクエア七一番地のフランシス・M・リード家には何かひどく恐ろしいことがあるに違いありません。何らかの犯罪が起こったのだと思います。一家は四人家族です。リード夫妻と子どもが二人。わたしは子どもたちの世話をすることになっていました。

あの家には四日間おりましたが、子どもたちは部屋から一歩も出してもらえませんでした。夜になると、部屋には外から鍵がかけられました。火事になったらどうしようかと思い続けていたものです。電話線は切られていたので、どこからも電話はありません。おそらくドアのベルも鳴らないようになっていたでしょう。今は直っていますけれども。ミセス・リードの顔は蒼白で、まばたきもせずに部屋の中を歩きまわり、夜中に寝室のドアの鍵を開けて入ってきてはお子さんたちの顔を見ていました。

家中のほぼすべてのドアに鍵がかかっていました。子どもたちの朝食用に卵を茹でようと台所へ入るときには――家には使用人がおらず、お若い奥さまは料理のことなど何もご存じありませんでした――ご主人はわたしのために四つのドアの鍵を開けなければならなかったのです。

奥さまの外見がひどいとしたら、ご主人の姿は見るに堪えないものでした。目は落ちくぼみ、肌は青白く、何も召し上がらなかったのです。ご主人は誰かを殺して死体を隠していたんじゃないでしょうか。

昨夜、外の空気を吸いたいと言ったら外出させてもらえました。そこで公衆電話から、やはり看護婦をしている友人に電話したんです。今朝、その友人がわたしに来てほしい家庭があるという手紙を特別配達便で送ってくれたので、逃げてきました。話はこれで終わりです。なんだかばかげた話のようですが、そこへ行ってみるといいでしょう。もし、神経が丈夫でしたら〉

ミスター・パットンは読み終えると顔を上げた。

「これでわたしの言う意味がわかるだろう」彼は言った。「その女はリード家に四日間いた。牛並みに神経が図太そうなのに、リード家での四日間で全神経が壊されたんだ」

「ドアに鍵とは！」わたしは考えをめぐらせた。「使用人がいなくなって、恐怖に駆られた状態だなんて、緊急事態じゃないの！」

「だが、どうして訓練された看護婦が必要なんだろう？　なんらかの危険があるのなら、警察官が必要じゃないのかい？　警察じゃ役立たずだとしても、なんだって看護婦なんだ？」

「それこそ、わたしが探ろうとしていることよ」そう答えた。ミスター・パットンは肩をすくめ、もう一つの報告書を読んだ。

〈フランシス・M・リード家に関するベネット刑事の報告。四月五日〉

フランシス・M・リードは三十六歳の既婚者で、オリンピック・ペイント・ワークス社の化学者。子どもは二人で両方とも男の子。ささやかながらも不労所得があり、ボーリガード・スクエアに自宅を所有している。屋敷は祖父のF・R・リード将軍が建てたものである。収入以上の暮らしをしていると思われる。屋敷には使用人が大勢おり、近所の食料品店は何度か支払いを待たされたことがあった。

三月二十九日、フランシス・M・リードは予告なしに使用人を全員解雇。解雇の理由は明らかでないが、使用人たちは解雇予告がなかった代わりに一週間分の賃金を与えられた。

三月三十日、フランシス・M・リードは勤務先の社長に二週間の休暇を願い出た。神経衰弱と不眠症が理由。「少し休息して眠りたい」とリード氏は語ったという。それ以来、仕事には戻らず。今日の午後、屋敷は監視下にあり。訪問者はなし。

リード氏はイレブンス・ストリートの店から四時に、ある看護婦に電話した。自宅の電話は故障中とのこと。

ミスター・パットンは報告書をたたんでポケットにまた突っ込んだ。わたしの決心を読み取ったに違いなく、こう言っただけだった。「リボルバーは持ってきたのか?」

「ええ」

「電話についての知識はあるかい？　緊急時には電話を直せるかな？」

「緊急時なら」と切り返した。「電話を直している暇なんてありませんよ。でも、声は出せるし、窓もある。もし、わたしが本気を出したら、あなたが本部にいても叫び声が聞こえるはずよ」

ミスター・パットンは苦笑した。

第二章

ボーリガード・スクエアはこぢんまりとした閉鎖的な土地柄だった。一ダースほどの実直な市民が一八七〇年代の初頭に家を建て、それぞれかなりの敷地を占めている。家々は通りに沿って整然と並び、裏手にはどこも庭があった。一つの通りに六軒、もう一本の通りにも六軒が建ち、庭を挟む形で家の裏側が向かい合い、ブロック全体を形成していた。庭には囲いがなく、小さな公園のようになっていて、通りからは見えなかった。花の咲いた生垣がおおざっぱに敷地を区切っていたものの、芝に覆われ木々が植えられ、どこの屋敷にも自由に行ける感じだった。そんなわけで、前には広場、裏手には庭を備えたリードの屋敷は二方向に面した初春の緑の中に建っていた。

庭にはタールを塗った古びた歩道が残っていて、噴水がしつらえられていたが、水はもう出ていなかった。けれどもボーリガード・スクエアの住民たちが子どもの頃、最初によじ登ったのはその噴水の笠石だったに違いない。

庭はしじゅう小鳥でにぎわい、そののちわたしは窓から眺めていて理由を知った。どうやらそれは長年、当然のこととして習慣化していたようだった。十二軒の食卓から出たパン屑が、水のない噴水の水盤に捨てられ、小鳥の餌になっていたのだ。威厳ある執事や白と黒のお仕着せに身を包んだ上品で小柄なメイドたちが、昼食や晩餐のあとでパン屑の載った銀のトレイを手に出て来るのは日常の光景だった。食べ物の切れ端ばかりか、噂話の切れ端も古い石造りの噴水のまわりにたくさん撒かれたことだろう。ボーリガード・スクエアの「地下室の亡霊」の話を聞いたのはその噴水でだったと思う――始めはひそひそ声の噂話だったが、のちにはパニックを引き起こしたものだ。

わたしは先方に八時に着き、ドアの呼び鈴を二回鳴らした。すぐにミスター・リードがドアを開けてくれた。長身で金髪の若い男性で、念入りに装っていた。わたしを見ると、彼は持っていた葉巻を投げ捨てて握手した。玄関ホールには煌々と明かりが灯り、とても陽気な感じだった。それどころか屋敷全体が照明で輝いていた。たしかに、屋敷も礼儀正しいこの若い男性もかなり謎めいている。彼は身振りでわたしを書斎に招き入れた。

「わたしが話してからあなたを二階へお連れする、と家内に言ってあるんです」ミスター・リードは言った。「おかけください」

わたしは腰を下ろした。書斎は玄関ホールよりもさらに明るく、相変わらずにこやかに微笑んでいるものの、彼の顔にほとんど血の気のないことが今では見て取れた。一瞬、あからさまにわたしを観察した彼の目は、室内をぼんやりと見まわしている。どういうわけか、今朝ミスター・パットンが本部に現れた看護婦から受けたという印象を思い出した。ミスター・リードもまた、背中にナイフを突きつけられているかのようだったのだ。振り返りたくてたまらないのに、意志の力だけで堪えているようだ。

「おわかりだと思うのですが、ミス・アダムス」彼は言った。「緊急事態が起きたときは、訓練された看護婦を雇うものです。うちは今、非常時なんです。使用人が一人もいないのに、幼い子どもが二人いるんですから」

「昨今は使用人を確保しやすいと思いますけれど」わたしはそっけなく言った。「みんな田舎に帰ってしまって、町中にはあまり人がいません。それに、町を離れたがらない使用人も多いでしょう」

ミスター・リードは言い淀んだ。「うちは結構うまくやってきました。もっとも、ただ暮らしているだけにすぎませんが。食事はホテルから取り寄せています。それに――まあ、前から考えていたのですが、じきに引っ越すつもりなので、それまでどうにかやっていけるのではないかと」

その瞬間、ミスター・リードは我慢できなくなったようだった。彼はくるりと振り返って背後を見た。急いで視線を走らせたのではなく、部屋の隅々までじっくりと検めていた。あまりにも思いがけない行動だったので、わたしは息を呑んだ。

と思うと、たちまちミスター・リードは元の状態に戻った。

「病人がいないと言うことですが」彼は言った。「それは正確ではありません。たしかに、病気の者はいないが、ボーリガード・スクエアの子どもたちが流行り病にかかっているので、うちの子どもたちは外に出さないようにしています」

「家に閉じ込めておかなくても大丈夫じゃありませんか?」

ミスター・リードは勢いよく答えた。「そうだとしても……」そこではっとしたようだった。

「いや」彼はきっぱりと言った。「少なくともしばらくは、外に出すのは賢明じゃないでしょう」

わたしは逆らわなかった。ミスター・リードを敵にまわしても得るものはない。それにちょうどミセス・リードが入ってきたので、話はそこまでになった。まだ少女と言っても通りそうな夫人は夫と同様に金髪で、とても美しかった。見たこともないほど疲れきったまなざしをしている。長い間、死を待つだけの人間に見受けられるような目だ。

わたしはたちまち彼女に好意を持った。夫人は微笑もうとはしなかった。わたしが差し出した手をしがみつくように握り締めた。

「聖ルカ病院がまだわたくしたちを信用してくれてよかったわ」と彼女は言った。「心配だったのよ、あの看護婦が……フランク、ミス・アダムスのスーツケースを上へ運んでくださらない?」

ミセス・リードは鍵を差し出した。夫はそれを受け取ったが、ドアのほうへ向き直るとこう言った。「そんなものは着ないでほしいな、アン。着ないと、昨日約束しただろう」

「これじゃないと、子どもたちの世話ができないのよ」夫人は言い返した。

〝そんなもの〟とは魅力的な服だった。柔らかそうなレースに縁どられ、青いサテンの花がいくつもついた薔薇色の絹の部屋着を夫人はまとっていた。それに似合いのペチコートを履き、レースのキャップをかぶっている。

ミスター・リードはドアのところでためらい、妻をじっと見た。奇妙な目つきだ、とわたしは思った。優しさと非難がたっぷりこめられ、おそらくは不安もこもっている。

「着替えますわよ、あなた」夫のまなざしに答えて彼女は言った。「ミス・アダムスにわかってほしかったのよ。家に使用人がいなくても、少なくともわたくしたちは品位ある暮らしをしているって。わ、わたくしは風邪などひいておりません」最後の言葉はどう見てもあとから思いついてつけ加えたようだ。

ミスター・リードが階上へ行ったので、夫人とわたしは取り残された。

ミセス・リードが急ぎ足でこちらへ来た。「あの看護婦さんは何て言ってたの？」そう詰問した。

「その人のことは全然知りません。会ってないんです」

「彼女は病院に報告したんじゃない？　その……わたくしたちがおかしいって」

わたしは微笑んだ。「そんなことはないでしょう？」

いきなりミセス・リードは玄関ホールに向かい、開いていたドアを閉め、急いで戻ってきた。

「主人は言う必要はないと言うけれど、でも、あなたが不思議に思うようなことがいくつかあるはずなの。そうね、前の看護婦さんにもお話しすべきだったわ。もし、もしも普通じゃないと思うようなことがあったらね、ミス・アダムス、それを見ないようにしてちょうだい！　なんでもないのよ。何もかも大丈夫なの。でも、何かが起こって――たいしたことじゃないけれど、わずらわしいことなの。わたくしたちはみんなでできるだけのことをしているの」

ミセス・リードは落ち着かない様子で震えていた。

そのときのわたしは、とても警官とは言えなかっただろう。

「看護婦はわずらわしいことに慣れています。おそらくお役に立てるかと」

「役に立ちますとも。子どもたちを見てくださるのだから。わたくしが心配なのはそれだけなの、子どもたちのことよ。子どもたちだけにしたくないの。あの子たちのそばを離れなければならないときは、わたくしを呼んで」

「どんな危険があるのかわたしがわかっていれば、もっとうまくお子さんたちの面倒をみられると思いませんか？」

ミセス・リードはあと一押しで話したと思う。彼女は疲れきっていたし、明らかに自分の重荷をほかの誰かの肩に負わせたがっていた。

「ご主人からうかがったのですが」彼女を促した。「子どもたちの間で流行っている病があるそうですね。でも、奥さまのお話だと……」

しかし、結局、話を聞くことはできなかった。ミスター・リードが玄関ホールへ通じるドアを開けたからだ。

「そう、子どもたちに流行っている病ね」彼女はぼんやりした口調で言った。「かなりの子どもがかかってしまって。上へ行きましょうか、フランク？」

しばらくの間、わたしはあまりにもがらんとした屋敷の様子を目の当たりにしていた。たしかに照明は煌々と灯っていたし、家具調度品も多かった。けれども、床には敷物が一切なく、立派な家具はでたらめに並んでいる。少なくとも書斎では、部屋の真ん中に家具が寄せ集められていた。廊下と階段にも敷物はなかったが、最近まで敷いてあったと思われるカーペットを引き剝がした跡があった。

階段を上ってもわたしの神経は休まらなかった。スーツケースに収まっているちっぽけなリボルバーのことを考えても、なんの慰めにもならない。というのも、四段ほど上がるごとに、先を行くミスター・リードが機械的に振り返り、階下の廊下を覗き込むからだ。耳を澄ませてもいるらしく、軽く頭を傾げている。彼が振り返るたび、わたしの後ろを歩いている夫人も振り向いた。ふいに、ぞくぞくと悪寒が背筋を伝い降りた。なのに、廊下は照明でまぶしいほど明るい。

(覚え書き：恐怖というものは間違いなく伝染する。恐怖心から細菌を取り出す抗毒素でも発見できないものだろうか？　それとも恐怖なんて、神経の活動が手に負えなくなっているだけなのだろうか。まるで疾走する機関車のように、活動する神経とぶつかり、大惨事を引き起こしているのか？　このことをミスター・パットンに相談してみよう。でも、彼は知っているのだろうか？　わたしはほぼ確信しているが、彼は真の恐怖を経験したことはないだろう)

牡牛みたいな体格の前任者が、こんなふうに振り返りながら階段を上っていく光景が浮かんだ。神経がぴりぴりしていたとはいえ、わたしは笑ってしまった。でも、その瞬間、ミセス・リードの手がわたしの腕に触れたので悲鳴をあげた。彼女が壁を背にしてくずおれ、蒼白な顔になったことを今でも覚えている。

たちまちミスター・リードがくるりと振り返った。「何か見たんですか？」彼は強い口調で訊いた。

「いえ、何も」たまらなく恥ずかしかった。「奥さまの手がいきなり腕に触れたものですから。少し神経質になっているのかもしれません」

「大丈夫だよ、アン」ミスター・リードは妻を安心させ、わたしには刺々しい口ぶりで言った。「あなたたち看護婦には神経などないと思っていましたよ」

「普通の状況でなら、そうですけれど」

何もかもばかげていた。わたしたちはまだ階段にいたのだ。

「それはどういう意味ですか?」

「もし、階下を覗き込むのをやめてくだされば、わたしは冷静になるでしょう。落ち着かないんです」

ミスター・リードは謝罪らしきことをもごもごと言い、急ぎ足で上っていった。だが階上に着くと、心の中の葛藤に負けてしまったに違いなく、一階の廊下を最後にそっと一瞥した。わたしは神経がかなり高ぶっていたから、どこかでドアがバタンと閉められでもしたら、その場で倒れただろう。

屋敷に物音一つしないことが状況をなおさら奇妙に感じさせた。ボーリガード・スクエアの近くに路面電車は走っていないし、このあたりは以前から静かな所だ。町で最初にゴムタイヤの車が止まったのはボーリガード・スクエアだった。ボーリガード・スクエアの子どもたちは低い声で話し、決して皿にスプーンを打ちつけたりしない。ボーリガード・スクエアの使用人たちはフェルト底の靴を履いている。そして果敢にも侵入してくる戸外の騒音は、木材が一平方フィートではなく千エーカー単位で売られていた時代に建てられた家の、二重になった煉瓦の壁とドアを通り抜けなければならないのだ。

こうした静寂の中でわたしたちの足音は二階のむき出しになった廊下の床に響いていた。ここの廊下も階下と同様に照明が煌々と灯っていて敷物は剝がされている。昼用の子ども部屋まで行った。ドアには鍵がかかっていた――それどころか、二重に鍵がかけてあった。鍵は時代遅れの錠に差してあり、そのうえ、ありふれたスライド錠がドアの外側に新しく取り付けられていたのだ。外側とは！　わたしを閉じ込めておくためだろうか？　誰か、あるいは何かを部屋に入らせないためでないことは間違いない。わずかに触れただけでスライド錠は動いたのだから。

わたしたちは三人ともドアの外にいた。暗黙の了解があるかのように、全員かたまっている。誰一人としてこの集団から離れたくなかったし、離れようともしない。わたしたちはまたすばやくあとずさりした。少なくとも、そんな印象を受けた。とにかく、スライド錠にはかなり警戒心をかきたてられた。

「ここがあなたの部屋よ」ミセス・リードが言った。「いつもは昼用の子ども部屋なのですけれど、ベッドを一つとほかにもいくつかのものが用意してあります。快適に過ごしていただけるといいわ」

わたしは指でスライド錠に触れ、微笑んでミスター・リードの目をじっと見た。

「この中に閉じ込められるのでなければいいんですけど！」わたしは言った。

ミスター・リードは真っ向からこちらの目を見返したが、なぜか彼が嘘をついているのがわかってしまった。

「もちろん、そんなことはない」ミスター・リードは答えてドアを開けた。

部屋の外は謎めいて空虚だったが、子ども部屋の中は魅力的だった。窓の多い角部屋で、ごくあっさりした模様の壁紙が貼られ、きちんと整頓されたおもちゃが詰まったガラス扉の戸棚がいくつも並んでいる。狭いシングルベッドはあとから据えられたようだが、部屋の雰囲気を損ねてはいなかった。窓辺には花の鉢植えが所狭しと置いてある。テーブルに金魚鉢があり、矮小オウムのいる籠もあった。さらに白タイル張りの浴室が続いており、その向こうが子ども用の寝室だった。

ミスター・リードは入ってこなかった。でも、彼がドアのすぐ外にいる気配がして落ち着かない感じがした。子どもたちは眠っていなかった。ミセス・リードが出ていったので、わたしは制服に着替えた。戻ってきたとき、夫人は不安そうな表情だった。

「子どもたちは寝つきが悪いんです」彼女はこぼした。「運動をしないせいだと思います。絶えず興奮状態で」

「お子さんたちの熱を測りましょう」わたしは言った。「ぬるめのお風呂に入ってホットミルクを一杯飲めば、眠れるものですよ」

幼い二人の男の子はぱっちりと目を開けていた。わたしを見ようと起き上がり、二人は同時にしゃべりだした。

「本にのっていないお話をしてくれる?」

「チャンを見た?」

つやつやした髪の、色白で小柄な男の子たちだった。清潔で、寝間着は皺くちゃで愛らしい。

「チャンはこの子たちの犬なんです。ペキニーズの」母親が説明した。「ここ何日か行方不明で」

「でも、チャンはいなくなってないよ、お母さま。ときどき鳴き声が聞こえるもの。お母さまもまたチャンに会えるよ。でしょう?」

「暖炉のパイプからチャンの声がしたよ」二人のうちの年下らしいほうが甲高い声で言った。

「お母さまは中を見てくれるって言ったじゃないか」

「見ましたよ、いい子ちゃん。チャンはあそこにはいないわ。それに、チャンのことで泣かないと約束したでしょう、フレディ」

フレディは名誉がかかっているとばかりに、犬のことで泣いたりなんかしてないと主張した。

「お外へ出て散歩したいんだ。だから泣いてるんだよ」フレディは泣き声をあげた。「それにマドモアゼルに会いたいし、ボタンがみんな取れちゃったんだよ。横向きに寝るとお耳が痛いし」

部屋は閉め切ってあった。わたしが窓をいくつか持ち上げて振り返ると、肘に触れそうなほど近くにミセス・リードがいた。そしておずおずと外を見やった。

「たぶん空気を入れる必要があるのでしょうね」彼女は言った。「こちらの窓はどれも大丈夫です。でも、理由があるからお願いするのですが、ほかの窓は開けないでください」

まもなくミセス・リードは部屋を出ていき、わたしはその様子に耳を澄ませた。夫人が出ていったら鍵を閉めると約束していたので、そうした。ドアの外のスライド錠を閉める音は聞こえなかった。

最も無難なお話を聞かせて子どもたちを寝かしつけると、わたしは新たな住まいの調査に取りかかった。二階の略図を書き、のちにミスター・パットンに渡した。言うまでもなく、その夜は昼用の子ども部屋と子ども用の寝室しか調べられなかった。けれども、奇妙なことだが、屋敷に垂れ込めている恐怖に気圧されたらしく、浴室と衣裳戸棚をちょっと調べたときにはリボルバーを手にしていたことを告白しておこう！

もちろん、何も見つからなかった。屋敷の無秩序ぶりはここまで至っていなかったのだ。白タイルの浴室には染み一つなかった。部屋をつなぐ通路にある大型の衣裳戸棚は、きちんとたたまれた子ども用の服でいっぱいだった。この戸棚はのちにある役目を果たすことになる。薄暗くて狭い寝室は、昼のうちは廊下に向かって開くすりガラスの欄間からかすかに差し込む光で明るくなったが、ほとんどは電灯をつけていた。

ミセス・リードが開けないでくれと言った窓の外には、窓枠とほぼ同じくらいの高さに玄関の屋根があった。とすると夫人は、外からの侵入者を恐れているのだろうか？　だとしたら、子ども部屋の二つのドアに外から閉めるシリンダー錠がついているのはなぜだろう？　子ども用の寝室のドアにもシリンダー錠があるに違いない、とわたしは踏んだ。ためしに鍵を回してみたけれど、ドアは開かなかった。

今夜は眠らずに見張りを続けようと決心した。母親が子どもたちのことと危険な何かについてあまりにも心配していたことに強く影響され、わたしは奥の子ども用の寝室に何度も様子を見に行った。真夜中までは心配するようなことは起きなかった。わたしは両方の部屋の明かりを落として腰を下ろし、何を待っているのかわからないながらも待っていた。おそらくこの屋敷で起こる、ある物音を待っていたのだろう。十二時を数分過ぎた頃、廊下からかすかな音が聞こえてきた。落ち着きのないミスター・リードの声と、床の上を家具がこする音が聞こえる。すると、再び三十分くらい静かになった。

それから、わたしの部屋のドアにシリンダー錠がかけられていたことが確信できた。音を聞いたわけではない。たぶん、そう感じたのだと思う。もしかしたら、単に恐れていただけかもしれない。ドアを開けようとしたら、外から施錠されていたのだ。

閉じ込められると、無力感というなんとも忌まわしい気持ちになる。始めのうち、わたしは興味や好奇心があるだけだと自分に言い聞かせた。でも、本当は怯えていたのだ。今になればそれがわかる。暗闇の中に座り、この家が火事になったらどうしようかと考えていた。あるいは、鍵をかけられたドアの向こうで恐ろしい悲劇が起きても、自分は何もできないのではないかなどと。

二時になり、わたしはパニックに陥った。屋敷から静寂は失われていた。誰かが階下でおおっぴらに音をたてている。物音は時代を経た屋敷の重い梁や床を通り抜けて聞こえてきた。

せめて自由の身になろうと決心した。当然のことながらシリンダー錠に手が届くはずはない。でも、玄関の屋根があるし、衣裳戸棚には欄間がある。もちろん、大変なの、とでも叫べば、たちまちここから出してもらえるだろうが、当然ながらこの方法はとらなかった。玄関の屋根には登れないことがわかった。片足を載せると、ブリキ板がたわんでひびが入ってしまったのだ。となると、欄間を試すしかない。

戸棚の中に椅子を運んで試してみると、欄間は簡単に引き下げられることがわかった。だが、軋んで音をたてそうだった。石鹸を濡らして蝶番に塗ってみた。それしか方法がなかったし、なかなかうまくいった。そしてほんの少しずつ欄間を下ろしていった。そのときには、欄間の向こうは見えなかった。ここまでは音をたてずに事が運んだものの、棚によじ登ったとき足が滑り、戸棚の向こう側で何か音が聞こえたように思った。活動を再開するまで五分待った。わたしは全身の筋肉が痙攣したまま棚にぶら下がり、耳をそばだてていた。それから必死に筋肉を動かして体を持ち上げ、外を覗いた。まぶしいほどの明かりに照らされた二階の踊り場が右手に見える。階段を上りきった向こう側には簡易寝台が置かれ、夜を過ごす用意がしてあったが、誰も寝ていなかった。

黒くて長いアルスター外套に身を包んだミスター・リードが寝台の横に立ち、階下の廊下をガラス玉さながらの目で凝視していたのだ。

第三章

四時を過ぎた頃、部屋のドアの鍵が外側から開けられた。かけられたときと同じように、シリンダー錠は音もなく外された。わたしは七時までうとうとしていたが、男の子たちがバスローブとスリッパの姿で部屋に駆け込んできてベッドに腰かけた。

「いいお天気だよ」年かさのハリーが言った。「足にできてるのは、こぶ?」

わたしは爪先をもじもじさせ、そのとおりよ、とハリーに答えた。

「ずいぶん遅くまで寝てるんだね。ねえ、今日は噴水で遊べるかな?」

「そうね、お願いしてごらんなさい。お日様の光を浴びるのはみんなにとっていいことよ」

「毎日、チャンを散歩に連れてったんだよ。マドモアゼルとチャンとフレディとぼくで散歩に行ってたんだ」

フレディは化粧台の上に看護婦の帽子があるのを見つけ、金髪の頭にかぶっていた。けれども、かわいがっているペットの名が出たのを聞きつけ、悲しみに打ちひしがれた様子で大声をあげた。

「マドモアゼルに会いたいよう」フレディは泣きだした。「チャンにも会いたい。フレディはつまんない!」

子どもたちは愛らしかった。わたしは二人をお風呂に入れて着替えさせると、前任の看護婦がクラッカーとミルクしかなかったと言っていたことを思い出し、台所へ行こうとした。夜は謎に満ち、殺人者が部屋から部屋へと走りまわっていたかもしれないが、どうあっても子どもたちには朝食をとらせるつもりだった。でも、階下へ行く準備ができる前に朝食が到着した。

おそらく前任の看護婦はここを去る前に、いくつか率直な本音をリード家の者に話していったのだろう。朝食もその一例だった。――少しだけ霧が晴れた気がした。どんなことが起こっているにせよ、その朝はかなり顔を紅潮させて動揺していた二人の幼い子どもの部屋のドアにノックがあり、トレイを持ったミスター・リードに続き、コーヒーポットとクリーム入れを持ったミセス・リードが入ってきたのだった。

子ども部屋の小さなテーブルは五人には狭かったが、かろうじてスペースを作った。卵が焼き過ぎでトーストがパサパサでも、なんだというのだ？　子どもたちは満足そうに頬張っていた。ミスター・リードの顔がまだ緊張の色を帯びてやつれ、夫人は弱々しく床にうずくまっていたからといって、なんだというのだ？　ミセス・リードは夫の膝に頭をもたせかけて座り、幼い少年たちを見つめながら薄いコーヒーをゆっくりと飲んでいた。気の毒に、すっかり疲れているようだ。彼女は座ったまま眠り込んでしまい、ミスター・リードは妻を起こすまいと長い間座ったままだった。

なんだかホームシックになりそうな気がした。わたしには故郷などないのに。以前にも同じような気持ちになったことがある。自分がよそ者で――人をだましているような気がしたのだ。前にそんな感情を覚えたのは、手術をしたあとの妻を見やったある男性のまなざしを目にしたときだった。さらに言えば、生まれたばかりの赤ちゃんを母親の腕に初めて抱かせたときにも同じような気持ちになった。その朝、眠るミセス・リードの美しい髪を夫が撫でていたとき、同様の感情にわたしが浸っていたことは間違いない。

そのとき、わたしは子どもたちのために願い出た。

「今日はよく晴れています」そうきっぱり言った。「心配だとおっしゃるなら、ほかの子どもに近づけないようにします。でも、お子さんを健康にしたいのなら、運動をさせなければなりません」

ミスター・リードに効き目があったのは、子どもを健康にしておくというくだりだったと思う。彼はしばらく黙っていた。妻はまだ口を開けたまま眠っている。

「いいだろう」ようやく彼は言った。「二時から三時までだよ、ミス・アダムス。だが、裏庭はだめだ。子どもたちを通りに連れていきなさい」

わたしは承諾した。

「毎晩、少し散歩したいのですが」つけ加えた。「そういう習慣ですので。散歩をすれば、もっとお役に立つ、感じのいい人間でいられます」

できるなら、彼は反対したかったのだろう。でも、あまりにも普通の頼みをあっさりとは断れないものだ。ミスター・リードはしぶしぶ承諾した。

一日目はごく穏やかに静かにすぎていった。屋敷の状態が奇妙ではなく、子どもたちを閉じ込めておく必要があるのでなければ、夜に怯えていた自分を笑っただろう。昼食も夕食も出前だった。昼と夜の食事は子どもたちとわたしだけでとった。わたしの知る限り、ミセス・リードは家事をやらなかった。そして早朝のうちに、階段を上りきった所にあった簡易寝台は姿を消し、犬の吠え声は二度と聞こえなかった。

午後の早い時間、男の子たちを一時間、外に連れていった。二つの出来事が起こったが、どちらも意味深いものだった。わたしはねじ回しを買った——それが一つ。もう一つは黒衣に身を包んだほっそりした若い女性に会ったことだ。彼女は少年たちを知っていて呼び止めた。解雇された使用人の一人だとわかった。メイドだった、と彼女は言った。

「まあ、フレディ！」彼女は声をあげた。「それにハリーも！　ノラとお話ししてくれない？」

少し経ってノラはわたしのほうを向いた。何か言いたいけれども言えないという雰囲気が感じられた。

「奥さまはいかがですか？」彼女は尋ねた。「ご病気じゃなければいいのだけど」そしてわたしが身に着けた聖ルカ病院の外套とボンネットに目をやった。

「いえ、とてもお元気ですよ」

「だんなさまは？」

「やはりお元気です」

「マドモアゼルはまだいるの？」

「いいえ、ご家族しかいません。家にはメイドが一人もいないんです」

ノラは興味深そうにわたしをまじまじと見た。「マドモアゼルが出ていったって？　本当に……そうなの。だって、あの人は絶対に出ていかないと思っていたから。お坊ちゃまたちを我が子のように思っていたみたいで」

「その方はいないんですよ、ノラ」

ノラはつかの間立ちすくんでいた。何やら迷っているらしかった。すると、堰を切ったように話しだした。「だんなさまが間違ったのよ。一流の使用人をどっさり雇って、あんなふうに首にするなんて。三十分以内に荷物をまとめて出ていけなんて、何の説明もなしによ。それに、このあたりじゃある噂で持ちきりなのよ」

「どんな噂？」

「人によって言うことが違うわね。マドモアゼルがまだお屋敷にいて、三階の自分の部屋に閉じ込められていると言う人もいる。ときどきその部屋に明かりがつくけど、彼女を見かけた人はいないの。だんなさまの気が触れたと言う人もいる。それよりもっとひどいことも言われてるのよ」

だが、それ以上ノラは話さなかった。しゃべりすぎたと思っているのは明らかだったし、できるだけ早く逃げ出したがっていた。不安そうな表情だった。

帰るのが少し遅くなってしまったが、何も言われなかった。清潔でこぎれいな通りから、雑然とした家に帰るのは楽しいものではない。でも、鉢の金魚が陽光の中で炎の舌のようにすばやく動きまわり、窓辺の箱でチューリップやヒヤシンスが育ち、おもちゃが白い棚にきちんと並んでいる子ども部屋に入るとなんだか落ち着いた。結局、散らかって汚れていることは犯罪ではないのだ。

でも、午後になって、わたしはあることを試みた。断固とした態度で、こそこそせずに行動した。誰の許可も得ずに。新しいねじ回しで、わたしの部屋のドアの外にあるスライダー錠を外したのだ。

必要とあらば、その件について戦う心構えもできていた。けれども、スライダー錠を外したことは気づかれたに違いないが、問いただされはしなかった。

その晩、ミセス・リードは頭痛を訴え、夫はダイニングルームで一人きりで食事をとったのだろうが、そこも荒れていたに違いない。なぜなら、一階のどの部屋も同じように奇妙な散乱状態だったからだ。

七時になると、ミスター・リードから許しをもらったので、わたしは外出することにした。子どもたちはベッドに入っていた。ミスター・リードは昼用の子ども部屋に入らず、子ども用寝室のドアの外に背もたれのまっすぐな椅子を置いて座り、前かがみになって両肘を膝につき、手のひらに顎を置いて瞬きもせずに階段を見つめていた。彼は身を起こすと、帰りがけに夕刊を買ってきてほしいとわたしに頼んだ。

警察の任務に就いたときは、休み時間を必ず夜にもらって近くの一画を歩きまわる。事件が大がかりなものだと、ミスター・パットンか、彼が来られない場合は部下の一人がその散歩に同行する場合がある。伝える話がないときは、わたしは会釈しかしない。

この日の散歩ではわたしは特に神経質になっていた。一つには、身に着けていた聖ルカ病院の外套とボンネットが目立つからで、もう一つは、ミスター・パットンがリード家の件は女に不向きだと考えて手を引けと命じてくるのではないかと危ぶんだからだ。

かなり暗くなった八時十五分前、いつの間にかミスター・パットンがわたしの隣を歩いていた。

「ほらね」やや震える声で彼に言った。「ご覧のとおり、まだ生きているわよ」

「すると、状況はかなり悪いのか？」

「途方もなく奇妙ね」わたしは認めて説明した。自分の部屋のドアの外についたシリンダー錠のことや、ほかにも一つか二つについては話さないつもりでいた。なのに、その場で洗いざらい話してしまい、たちまち気分がぐっとよくなった。

ミスター・パットンは注意深く耳を傾けていた。

「ついぞ覚えがないほどの恐怖ね」わたしは締めくくった。

「警察を怖がっているのかい？」

「い、いいえ、そうじゃありません。屋敷の中にある何かへの恐怖よ。夫妻は必ず正面階段を上りきった所で耳をそばだてて何かを見ている。絨毯は全部剝がしてしまってあるの。足音が家中に響くように。夫人が一階へ下りるときは決して一人にならない。今日わかったのだけれど、奥の階段は上も下も封鎖されていたのよ。そこにはいくつかドアがあるの」

描いた屋敷の簡単な略図を彼に渡した。暗すぎて見ることはできなかった。

「これはとりあえずの略図です」わたしは説明した。「屋敷のかなりの部分が閉鎖されているし、わたしのあらゆる動きが観視されている。浴室を別として、三階を勘定に入れると、この家には広い部屋が十二ほどあるの。三階にはまだ行けていないけれど、今夜試してみようかと」

「昨夜は寝ていないのだろう?」

「三時間寝たわ、今朝の四時から七時まで」

わたしたちは公共広場へ入り、木々の下をゆっくりと歩いていた。するとミスター・パットンは立ち止まり、わたしと向き合った。

「今回の状況は気に食わないな、ミス・アダムス」彼は言った。「普通、パニックが起きても表面には出ないものだ。だが、今回は怖いものの正体を知っている者が恐怖におののいていて、それに対抗するために整然とした手順が取られている。きみをこの件に関わらせたくないとわたしが思っているのはわかるだろう。だが、手を引いてくれと頼んできみを侮辱するつもりはない。しかし、きみが安全なのかは確かめるつもりだ。きみがあの家にいる限り、毎晩、通りの向こう側に誰かを配置しよう」

「何か思いつくことはありますか?」わたしは尋ねた。だいたいにおいてミスター・パットンは推理が苦手だ。彼はとても実践的な人なのだ。「つまり、前任の看護婦が言うように、何らかの犯罪が隠されているとか?」

「そうだな、考えてみたまえ」ミスター・パットンはわたしを促した。「もしも殺人が起きたのだとしたら、彼らは何を恐れるのだろう?　警察か?　だったらなぜ、訓練された看護婦を雇ったり、これほど子どもたちを過剰に監視するのだろう?　幽霊が出るのか?　亡霊が歩く音が聞こえるように絨毯を剝がしたというのかい？」

「犯罪ではないとしても、何か、たぶん、気の狂った人がいるとか？」わたしは尋ねた。

「かもしれない。だが、だったらなぜ、こんなふうに秘密めいた行動をとったり、警察を避けたりするんだ？　もちろん、きみの立派な雇い主たちが二人とも正気をなくしていて、すべてが悪夢のような妄想だという可能性もある。どうやらそうなのかもしれない。しかし、夫婦の両方ともが気が触れて、同じ妄想を抱くというのはあまりにも信じがたい」

「たぶん、正気じゃないのはわたしなんでしょうよ」やけっぱちになって言った。「そんなふうに状況がばかげていると指摘されると、何もかも自分の妄想だったのじゃないかと思ってしまうわ。いたるところを照らす照明や、剝がされた絨毯、階段を凝視するミセス・リード、そして部屋に閉じ込められたわたしが衣裳戸棚の欄間から外を覗こうと爪を立ててぶら下がっていたこともね」

「そうかもしれないな。しかし、前任の、まったくもってまともだった若い女についてはどうなんだ？　あの看護婦は妄想など抱いてなかったぞ。さて、リード夫妻のことだが、きみはどんな印象を持ったのかい？　二人はうまくいっているんだろう？」

「あの夫婦は感じがいいですね」同情をこめて言った。「夫のほうは紳士だし、二人は愛し合っています。彼は恐ろしいごたごたに巻き込まれて逃れるすべを知らない大きな少年みたいに見えるの。夫人は夫を支えている。かわいらしい人よ」

「ふん！」ミスター・パットンは言った。「妻がかわいらしくて、夫が見栄えのいい大きな男の子だといっても、証拠があったら隠してはだめだぞ！」

「見栄えがいいなんて言いませんでしたよ」わたしはぴしりと言った。

「幽霊を見たことはあるかい？　あるいは見たように思ったことは？」突然、ミスター・パットンは尋ねた。

「一度もないけれど、おばの一人は見たことがあるらしいの。おばが見た幽霊はいつだって自分の首を持っていたとか。一度、おばが幽霊に質問をしたら、持っていた首がうなずいたんだそうよ」

「じゃ、幽霊話をきみは信じるのかい？」

「これっぽっちも信じていません。でも、幽霊は怖いわね」

ミスター・パットンは微笑し、まもなくわたしは屋敷に戻った。幽霊のことを質問して悪かったと彼は思ったのだろう。というのも、きみを試していたのだと言い訳したからだ。そして外套とボンネットが似合うと言ってくれた。

「いつもはきみの顎が怖いんだ」ミスター・パットンは言った。「だが、白のローン地のリボンのおかげで顎が優しい感じになるな。リボンのことを考えると、勇気を奮おうかとも思うんだが……」

「え？」

「やっぱり、やめておこう」彼はきっぱりと言った。「リボンがあろうとなかろうと、やっぱり顎は顎だ。おやすみ。頼むから、危ないまねはしないでくれ」

ふざけた口調が急に真剣なものに変わったのに驚いてわたしが歩道に立ちすくんでいると、ミスター・パットンは広場の暗がりにつかつかと進んでいき、姿が見えなくなった。

第四章

屋敷に戻ったのは八時を十分過ぎた頃だった。ミスター・リードが気づいてくれ、玄関ホールの外扉と中扉の鍵を開け、わたしを入れてからまた閉めるというお決まりの手順を踏んだ。彼は散歩が楽しかったかと礼儀正しく尋ねると、返事も待たずに夕刊を読み始めた。わたしの存在などきれいさっぱり忘れたように見えた。始めは見出しにざっと目を走らせていたが、何かの記事を夢中で読み進み、指も紙面に走らせて内容を追っていた。唇がひくひくしていたけれど、予期していたもの――または恐れていたもの――は見つからなかったようだ。新聞を投げ捨てると、二度と目をくれなかったからだ。わたしは階段の隅から彼を観察していた。

ミスター・リードが下にいたごくわずかの間にも、夫人は夫の持ち場を引き継いで子ども部屋の外に座っていた。

夫人は昨夜の絹の部屋着ではなく、長袖でハイネックの黒のドレスを着て本を持っている。けれども、本に目を通してはいなかった。わたしを見ると、なんだか物憂げな微笑を浮かべた。

「あなたはいつ見ても生き生きしているのね！」彼女は言った。「それにとても自立しているし。わたくしにもあなたみたいな勇気があればいいのですけれど」

「わたしは申し分なく元気です。それでいろいろと説明がつくでしょう。お子さんたちは眠りましたか？」

「フレディは寝ていないわ。チャンに会いたいとずっと泣いているんです。わたくしは夜が大嫌いなのよ、ミス・アダムス。フレディと同じね。今ぐらいの時間になると、あらゆる厄介事が起きてくるの。気が滅入ってしまってたまらないわ」青い瞳に涙があふれた。「それによく眠れないし」ミセス・リードは打ち明けた。

無理もないわね！

わたしは外出着も脱がずに、一階の廊下にいるミスター・リードのところへ行った。

「どうしても申し上げたいことがあります」わたしは言った。「奥さまは神経がかなりまいっておられます。だいぶ前から眠っていないとおっしゃっているんです。一晩中ぐっすり眠れるように鎮静剤を差し上げようと思うのですが。そうすれば、具合が悪くなることもないでしょう」

ミスター・リードの目をまっすぐに見てやった。今度ばかりは彼もわたしの視線を避けなかった。

「わたしは身勝手だったようだ」彼は言った。「もちろん、家内には睡眠が必要だ。何かいい薬がないようなら、わたしが鎮静剤を出そう」

そのとき、ミスター・リードが化学者だったことを思い出した。どの薬でもくださるものを喜んで使います、とわたしは答えた。

「ほかにも申し上げたいことがあるんですが、ミスター・リード。お子さんたちは飼い犬のことを悲しんでいます。犬が家のどこかに偶然閉じ込められたとは思いませんか？　上の階のどこかに？」

「なぜ、そんなことを言うんだ？」彼は鋭い口調で詰問した。

「犬が吠える声が聞こえたとお子さんたちが言うものですから」

ミスター・リードがためらったのは一瞬だけだった。それからこう言った。「あり得なくはない。だが、子どもたちが犬の声を聞くことは二度とないだろう。あの子犬はずっと病気だった。そして、今朝、死んでしまった。もちろん、子どもたちには知らせない」


その晩、階段を見張っている者はいなかった。わたしはミセス・リードに鎮静剤を与え、心地よさそうにベッドに入るのを見た。十五分後に戻ってくると、夫人は横になっていたが、眠ってはいなかった。この鎮静剤は少しの間、のんだ人をおしゃべりにさせることがある。たぶん緊張が緩むせいだろう。病院で勤務していたときは株式仲買人や銀行家からチップをもらったことがあるけれど、モルヒネの皮下注射を打たれたときの彼らは、わたしを大金持ちにしかねなかった。訓練代として月に十二ドルまでしかいただきません、とわたしが制限しなかったならだが。

「ちょっと考えていたのだけれど」寝具をかけてあげると、ミセス・リードが言った。「女性というものは誰に最も忠実であるべきかしら？　夫？　それとも子どもかしら」

「別々に考えることはないじゃありませんか」わたしは明るく言った。「どちらにもよいことをなさったらいかがですか？」

「でも、それは危険なだけです！」ミセス・リードは文句を言ったかと思うと、眠りに落ちてしまった。明かりを落としてドアを閉めてまもなく、外側からミスター・リードが鍵をかける音が聞こえた。

部屋のシリンダー錠は取ってしまったし、夫人は眠っていたから、その晩の計画は簡単に運んだ。わたしはベッドで二時間、穏やかな睡眠をとった。子ども用寝室とつながる通路から誰かに見られている気配を感じて一度目を覚ましたが、誰もいなかった。だが、見られていた感じがあまりにも強かったので、起き出して奥の部屋へ行った。子どもたちは眠っていたし、廊下に通じるドアはどれも閉まっていた。でも、玄関の屋根の上の窓が開いていて、カーテンが風に揺れている。とはいえ、屋根には誰もいなかった。わたしは窓を閉めて鍵をかけた。

十二時前だったから、一時間眠ろうとベッドに戻った。

一時になると、屋敷内を徹底的に調べる準備をした。窓から外を眺めると、通りの向こうに男性の影が見えたように思い、ほっとした。近くに助けてくれる人がいつでもいると感じたのだ。それなのに、ゴム底靴を履いて制服の上にアルスター外套を着て、リボルバーと懐中電灯と合い鍵をポケットに入れたわたしは、部屋のドアの内側に立って心臓をどきどきさせていた。幽霊に関するばかげた話が蘇ってきて震えたとたん、ミセス・リードが昨夜、一階の廊下を生気のない目で凝視していたことを思い出した。

屋敷の上階から下へ捜査を進めるつもりだった。もちろん、調べまわるのはかなり危険だ。ミスター・リードがどこかにいるに違いないのだから。三階にいる口実など何もない。一階や二階なら、お茶が飲みたかっただの、お湯がほしかっただのと言える――なんとでも言い訳できるだろう。でも、ミスター・リードが三階にいるとは思えなかった。どんなものであれ、彼の恐怖の対象は下の階にあるようだったからだ。

三階に行くのは容易じゃなかった。主階段は三階につながっていなかったのだ。そこへ行くためには、持っていた合い鍵で玄関ホールの裏にあるドアの鍵を開けなければならなかった。明るい照明の中で一つ、また一つと鍵を試しながらも肩越しに様子をうかがった。ドアがようやく開いたときは幽霊がいようがいまいが、ただもうほっとして向こうの暗闇の中に入っていった。

わたしは常日頃から音をたてずに動く。慎重にドアを閉めたり、軋む蝶番に気をつけたりするのは第二の天性のようになっている。不機嫌な患者の目を覚まさせないことが、眠れる唯一の機会だというとき、人は慎重な行動を学ぶものだ。おそらく患者が起きて体の不調を訴えたり、「わたしがこう言った」とか「彼がそう言った」とかいう家庭内のいざこざを聞いて、頭がおかしくなるのを避けるために。

そんなわけでわたしは音をたてなかった。暗闇の中に入っていってドアを閉め、まばたきした。耳を澄ます。階上も一階も何の音もしない。夜の屋敷など、もはや怖いものではなかった。看護婦なら誰でも多かれ少なかれ、暗闇の中で行動しなければならない場合がある。なのに、落ち着かなかった。もし、ミスター・リードに呼ばれたらどうする？　たしかに、自分の部屋のドアは閉めてきたし、鍵はポケットにある。でも、階段の手すりを探しながら、さまざまな緊急事態が頭の中を駆け巡っていた。

裏階段を上っている間中、奇妙なにおいがした。鼻につんとくる芳香剤のようなにおいと、わたしにはお馴染みのいろんな薬品のにおいが実に不思議だった。ゆっくりと上っていくにつれてにおいはどんどん強くなった。においのこもった空気は濃密で、屋敷のこのあたりでは窓が開けられたことなど一度もないかのようだ。階段を上りきった所には窓が一つもなく、主階段の二階と同じだった。階段は三階につながっていて、二階の階段を上りきった所の向かいには部屋に通じているらしいドアが一つあった。このドアは閉まっていた。ここの階段もほかの階段と同様に最近、絨毯が剝がされたらしい。懐中電灯で照らしてみると、白い板が数枚とペンキを塗った縁が見え、絨毯を止める鋲がたくさん放置されている。緩んでいた鋲の一つが靴のゴム底に刺さり、足にまで達した。

　暗闇で腰を下ろし、靴を脱いだ。そのとき、階段の横に置いた懐中電灯が転がり落ちて大きな音をたてた。次の段で懐中電灯をつかんだものの、音は銃声さながらに響いた。

　たちまち上のほうから鋭い声が呼びかけてきた。最初は上の廊下から聞こえてくるのだと思った。すると、閉まったドアの向こうからの声であることに気づいた。

「あなたですか、リードのだんなさま《ミースター》？」

　マドモアゼルだ！

「リードのミースター！」悲しげな声。「また上がってきました、リードのミースター！　わたし、死にます！　あした、わたし死にます！」

　彼女は耳を澄ましているようだった。答えが返ってこないと、彼女は節をつけるかのようにうめき始め、奇妙なことに何かの軋む音がそれとともに聞こえてきた。わたしは気を取り直し、マドモアゼルは揺り椅子に座っているに違いないと判断した。うめき声は哀れっぽくつぶやくような声にすぎなかった。

わたしが靴を履き直した頃にはマドモアゼルは立ち上がったようで、部屋の中を歩きまわる音が聞こえた。肉付きがよくて、もう若くはない女の重たげな足音。ドアの向こうにいる彼女はときどき立ち止まり、耳をそばだてているようだ。一度、彼女はドアのノブを揺すり、いらだたしげに何かを自分自身につぶやいていた。

わたしは懐中電灯を再びつけて、これ以上ないほど慎重に階段を上った。マドモアゼルは閉じ込められていた。シリンダー錠が二重に掛けられている。ドアの鍵に加えて強力なシリンダー錠が上と下についていた。

マドモアゼルは耳が鋭くなっていたのか、板廊下を歩くわたしの柔らかな足音を感じ取ったに違いない。なぜなら、彼女はいきなりドアに飛びつき、どうか神父さんを呼んでください、とごちゃまぜのフランス語と英語で哀れっぽく懇願したからだ。彼女は食べ物を求めていた。飢え死にしかけていたのだ。そして神父に会いたがっていた。

その間わたしはドアの外に立ったまま、どうすればいいかと考えていた。この女性を解放してあげるべきだろうか？　階下へ行って通りの向こうにいる刑事を捕まえ、ここに来てドアを開けてくれと頼めばいいのか？　これが、この家をとらえて離さなかった恐怖なのだろうか——食べ物と神父を求めてしきりにまくしたてている年老いたフランス女性が？

絶対に違う。これは謎の一部かもしれないが、すべてではない。本物の恐怖は別にあるはずだ。リード夫妻が階段の上で身構えていた相手は、三階の部屋に閉じ込められたマドモアゼルではない。でも、どうしてマドモアゼルは監禁されているのだろう？　なぜ、子どもたちは部屋に閉じ込められているの？　家庭を牢獄に、殺風景な建物に変えてしまったものは何だろう？　使用人を追い出し、犬を拘束して、おそらくは殺してしまい、二人の幼子から人生の喜びを奪ってしまったものは何？　マドモアゼルが「上がってきました」と叫んだものは何なのだろうか？

階段のほうを見た。それは階段を上ってくるのだろうか？

目に見えるものは怖くないが、何かが階段を上ってくるなら、まずはここから下りたほうがいいのではないかという考えがふいに浮かんだ。階段なんて、何者かと出くわすのにふさわしい場所とは言えない。正体がわからないものならなおさらだ。

わたしはまた耳を澄ました。マドモアゼルは静かになっていた。狭い階段を懐中電灯で照らしてみた。がらんとしている。わたしは懐中電灯を消し、下りていった。ゆっくり下りよう、威厳を持って退場しようと思った。下の踊り場に着いた頃には心から自分が恥ずかしくなっていた。この震えている女は、ミスター・パットンが自分の右腕と呼んだ若い女性なのだろうか？

少なくとも今夜はここでやめるべきだろう。わたしの神経はぼろぼろだった。でも、自分を鼓舞した。謎は下の階にあるのだ。だったら、下へ行こう。そんなにひどいことにはならないはずだ。とにかく、超自然的なものではない。当たり前の説明がつくに違いない。そのとき、首なしの亡霊などというばかげた話が突然、頭に浮かんでまた震えてしまった。

一階に向かう裏階段も階上と同じように真っ暗だったが、いちばん下の段だけは鉄格子のはまった窓からの明かりに照らされていた。その段がはっきりと見え、むき出しの床には鉄格子が影を落としている。立ったまま耳をそばだてた。物音一つしなかった。

そのあとに起こったことはうまく説明できない。わたしは手すりに片手を置いて立っていた。一切の音をたてないようにして。ゴム底の靴のおかげだった。一瞬、下のほうを照らす斑になった明かりで階段がはっきり見えた。次の瞬間、何かが階段にいた。階段の途中にいる、修道僧の頭巾のようにとがったフードをかぶった頭。体はなかった。それはわたしの足元に転がっているように見えた。しかし、生きていた。動いていたのだ。それが視線を上げてわたしの足を見て、ゆっくりと頭を反らして見上げたのがわかった。わたしの肺からは空気がことごとく搾り取られた。大きな手で胸を押されたかのように。震える片手を上げ、懐中電灯の光をその頭に浴びせたことは覚えている。懐中電灯は階段の踏み段に当たって音をたてたが、壊れなかった。すると頭は消え失せ、何か生き物がわたしの足の上を滑るように通り過ぎた。

わたしはよろめきながら自分の部屋へ戻り、ドアに鍵をかけた。二時間後、どうにか芳香アンモニア精剤の瓶をつかめるまでに力が回復したのだった。

第五章

ほとんど眠らないうちに、子どもたちが大声をあげながら部屋に入ってきた。

「金魚が死んでるよ！」ベッドの脇に真剣な顔で立っているハリーが言った。「みんなお腹を上にして死んじゃってる」

わたしは起き上がった。頭が激しく痛む。

「死ぬはずないわ、坊や」わたしはガウンを捜していたが、屋敷の裏階段で恐怖の体験をして部屋に戻ったあと、制服のまま横になったことを思い出した。這うようにベッドから出たが、立つのが大変だった。「昨日、新しいお水に取り換えてあげたでしょう。それに……」

わたしは水槽に近づいた。ハリーの言うとおりだった。ピンク色と金色の小さな炎さながらにすばやく動くはずの魚たちは動いていなかった。金魚たちは浮いていて、フレディが人差し指で突くとゆっくり回転し、生気のない目と青白い腹が上を向いた。水槽の上の籠から小柄なオウムがゆがんだ目でこちらを見ている。

わたしは浴室の薬戸棚へ走った。フレディはいろんなものに薬を与えるのが大好きだった。昨日はフレディの好奇心の結果——頭痛薬だった——からオウムを救い出したばかりだ。

「金魚たちに何をあげたの？」わたしは問い詰めた。

「パンだよ」フレディはきっぱりと言った。

「パンだけ？」

「きたないパンだよ」ハリーが口を挟んだ。「きたないよって、ぼくはフレディに言ったんだ」

「どこにあったの？」

「玄関の屋根だよ！」

子どもの自主性を重んじると、こんなことになる！　この腕白小僧たちは傾斜したブリキの屋根の上に出ていたのだ。そのことを考えると気分が悪くなった。

問いただすと、子どもたちはあっさりと事実を認めた。

「ぼくが窓の鍵を開けたんだ」ハリーが言った。「で、フレディがパンを拾ってきたの。雨樋の中にあったんだ。フレディは一回滑った」

「もうちょっとで屋根から落っこって歩道にぺっちゃんこになるところだったんだよ」フレディはつけ加えた。「お魚さんたちに朝ごはんだからって、そのパンをあげたの。そうしたら、みんな神さまのところへ行っちゃった」

言うまでもなく、パンには毒が入っていたのだろう。水槽内の砂を這っていた二匹の小さなかたつむりも動かなくなっている。わたしは水のにおいを嗅いでみた。かすかに異国風のにおいがする。何かはわからなかった。

そのとたん、わたしはパニックに襲われた。ここから逃げ出したかった。子どもたちも連れて。

あまりにも恐ろしい状況だ。でも、まだ時間は早い。夫妻が起きるまで待つしかなかった。とはいえ、その間、わたしはブリキ板の屋根に出て雨樋まで降りるという、神経がすり減るようなことをやった。パンはもうなかった。玄関の屋根は家の横側にある。屋根の端に立って危なっかしくバランスをとり、勇気をかき集めて窓までよじ登って引き返そうとしていたとき、ミスター・パットンが約束していた護衛のことをふいに思い出して広場のほうへ視線を走らせた。

護衛はまだそこにいた。それどころか通りを走って渡り、こちらへ来るではないか。なんとミスター・パットン本人だった。彼はおおいに腹を立てた顔で、二軒の家の間で急に止まった。「戻れ！」彼は手を振って合図した。「とにかく、そんなところで何をしているんだ？ 屋根はべらぼうに滑りやすいぞ！」

わたしは素直に向きを変え、できる限りの威厳を保ちながら屋根を這い戻った。一言も話さずに。屋根からわめきたいことなんかない。ただ窓を閉めて鍵をかけ、隣の家の住民がまだ眠っていることを願うばかりだった。ミスター・パットンはそれからすぐにいなくなったらしく、もう姿は見えなかった。

ミスター・パットンは夜の見張りを交代したばかりだったのだろうか、と思った。それとも、ひょっとしたら凍えるような四月の夜じゅう、彼自身が任務に就いていたのだろうか。

ミスター・リードはわたしたちと一緒に朝食をとらなかった。わたしは子どもたちの前では明るく振る舞おうと心がけた。ミセス・リードは疲れが取れたらしく、かつてないほど朗らかだった。でも、わたしは一度ならず、こちらを奇妙な目つきで凝視している彼女に気づいた。ちゃんと眠れましたか、と夫人に尋ねられた。

「たった一度しか目が覚めなかったのよ」ミセス・リードは言った。「何かが壊れたような音が聞こえた気がしたけれど。お聞きになった？」

「壊れた音とはどんなふうでした？」わたしは質問をはぐらかした。

子どもたちはしばし金魚のことを忘れていたが、思い出すなり、母親に知らせようとして大声を出した。

「死んだ？」夫人は言い、わたしのほうを見た。

「毒にやられたんです」わたしは説明した。「玄関の屋根に出られる窓は開かないようにするべきですね、ミセス・リード。子どもたちは今朝早く、窓から屋根に出て何かを拾いました――たぶん、パンを。それを金魚にやったら死んでしまったんです」

ミセス・リードの顔からは明るさがすっかり失われてしまった。疲れて悩んでいる様子で立ち上がる。

「わたくしはあの窓が開かないようにしたかったのよ」彼女はぼんやりと言った。「でも、主人が……金魚ではなく、あの子たちがそのパンを食べてしまったかもしれないわ、ミス・アダムス！」

わたしも同じ考えが浮かび、恐ろしさにぞっとした。夫人とわたしは思わず子どもたちの頭越しに見つめ合った。夫人の胸の内を察して心が痛んだ。たちまちわたしは決心した。

「最初にここへ来たときなんですが」夫人に言った。「助けになりたいと申し上げましたよね。

そのために来たんです。でも、どんな危険にさらされているのかわからなければ、奥さまのこともお子さんたちのことも助けられるはずありません。こんなふうでは奥さまにも子どもたちにもよくないし、わたしにもいいことはないです」

ミセス・リードは毒の件でひどく恐れおののいていた。おそらく心が揺れていたのだろう。

「お子さんたちが誘拐されないかと恐れているんですか?」

「いえ、まさか」

「じゃ、何か危害を加えられるかもしれないと?」わたしは屋根にあったパンのことを考えていた。

「いえ」

「でも、何かを恐れていらっしゃいますよね?」

急にハリーがこっちを見上げた。「ママは怖がったことなんてないよ」きっぱりした口調で言う。

そうね、お魚さんたちが死んでいるのかどうか見てらっしゃい、とわたしは二人を追い払った。

「この家の一階に、奥さまたちが恐れているものがあるんですね?」わたしは追求した。

ミセス・リードは一歩前に出てわたしの腕をつかんだ。

「こんなふうになるとは思っていなかったんです、ミス・アダムス。わたくしは死にそうなほど恐ろしいの!」

裏階段で見た、胴体のない頭がぱっと目に浮かび、昨夜の恐怖の一部が蘇った。わたしたちは一瞬、瞳孔が開いた瞳でまじまじと見つめ合っていたのだと思う。それからわたしは尋ねた。

「実際にあるものを恐れているんですか？　これについてはお答えになれるはずです。奥さまたちは現実にある何かを怖がっているんですか？　それとも、超自然の何かですか？」そんなことを尋ねたのが恥ずかしかった。四月の朝のまばゆい光の中では実にばかげた質問に聞こえる。

「現実にある危険です」彼女は答えた。どうやら話せる限りのことは話してくれたらしい。わたしはお決まりの手順を踏んで夫人を送り出し、彼女が出ていってからドアの鍵をかけた。

その日は暖かかった。わたしは窓をいくつか開け、丸めたハンカチを使って男の子たちとボール遊びをした。しばらくすると、丸めた新聞紙をバット代わりに持って、投げられたハンカチのボールを打つ役目がうわの空になっていった。

今思い返すと、大騒ぎする幼い二人の腕白坊主の姿が目に浮かぶ。スモック風のシャツを着て丸っこい膝をむき出しにし、声を張り上げてはよじれた軌道を描くボールを投げる子どもたち。そして制服を着た看護婦が床に座り込み、看護帽を守ろうと首をすくめたり、新聞紙のバットで元気よくボールを打とうとするがうまくいかなかったりしている姿も。部屋に注ぐ陽光や、鉤爪でつかんだ砂糖を食べている矮小オウムも思い浮かぶ。オウムの籠の下では、水槽の金魚たちが腹を上に向け、どんよりした目で漂っていた。

ミスター・リードが昼食のトレイを運んできてくれた。疲れきって意気阻喪した様子で、わたしと目を合わせようとしなかった。子どもたちにパンとバターを渡しながら、ミスター・リードを観察した。彼は玄関の屋根に面した窓をぴしゃりと閉め、わたしに見られていないと思ったのか、壁にはめ込んだ換気装置を検めていた。換気装置に取り付けた格子が閉まっているかどうかを確認していたのだ。男の子たちは死んだ金魚を箱に入れ、庭にきちんと埋葬したいと父親にお願いした。墓碑銘を考えてほしいと頼まれたので、わたしは箱の上に殴り書きをした。

金魚たちがここに眠る
死を招いたのはフレッドという男の子
ベッドにいるべきだったのに
玄関の屋根に出てしまったから

わたしは墓碑銘の出来にしごく満足した。墓碑銘なんて、死者との別れには何の役にも立たないと思っているが、少なくとも道徳を教えるには有効だろう。けれどもぎょっとしたことに、フレディがわっと泣き出してしまい、どうしてもなだめられなかった。

そんなわけで、子どもたちが落ち着いて午後の昼寝をし、わたしが解放されたときは三時になっていた。何があってもやろうと思っていることがあった。しかも、昼のうちに実行するつもりでいた――裏階段をじっくりと調べるのだ。調べているところを見つかりそうだが、なんとしてもやらなければならない。それに何があっても、暗くなってからそんな捜査をするつもりはなかった。

当たり前の説明がつくはずだと自分に言い聞かせるのは、なかなかうまくいった。あれは人間の頭だったのだと確信することも。暗闇でわたしの足の上を通り過ぎたのは生きている何かで、亡霊などではないと自分を納得もさせた。たとえ若さや愛やお金が手に入るとしても、夜にあそこへ戻るつもりはなかった。とにかく結局、その日は階段を調べることはできなかった。

男の子たちが小さな白いベッドに落ち着いてから、わたしは奇妙な発見をした。一匹の大胆な蠅が開いた窓から飛び込んできたので、すぐさま新聞紙のバットで追いかけた。カーテンボックスからシャンデリアに追い込んだ蠅はこっちで攻撃され、あっちでぴしゃりと打たれるうちに、とうとう暖炉の炉格子の中に逃げ込んだ。

わたしは訓練を受けていたから、蠅が何百万もの病原菌を持っていることを知っていたし、気前のよい博愛精神で病原菌をばらまくこともわかっていた。なのに、忘れていたとは。蠅が一匹《シングル》で飛んでいるのを見ただけでひどく頭にきてしまう。かつてミスター・パットンにそう言ったことがあった。すると彼は、独身《シングル》の蠅ではなく、既婚の蠅を見たらどんな気がするのかと尋ねたものだ。そんなわけで、わたしは炉格子のそばに座って待ち受けていた。そのとき、階下の暖炉が燃えていることに、しかも激しく燃えているという妙なことに気づいた。格子を開けると、猛烈な熱さに襲われた。中から蠅を追い出したが、そんな虫にかまっている暇はなかった。暖かい春の日なのに、暖炉が目いっぱい燃えているなんて！　おかしな話だ。

おそらくわたしは愚かだったのだろう。すべては明々白々だったはずだ。なのに、わからなかった。当惑して座り込んだまま、理由を突き止めようとしていた。一つ一つじっくりと考えてみた。

家中の絨毯が剝がされ、夜通し明かりが灯り、ドアに鍵がかかっていること。

階段を上りきった所に簡易寝台が置かれ、ミセス・リードが一階をじっと見ていたこと。

わたしを閉じ込めるために、ドアの外からシリンダー錠がかけられていたこと。

チャンの死。

階上の自室にマドモアゼルが閉じ込められ、神父を呼んでほしいと懇願していたこと。

玄関の屋根の上にあった毒物。

階段に現れた胴体のない頭と、わたしの足の上を通り過ぎた何か。

暖炉が燃えていて、炉格子のそばに座っていたときにわたしが気づいたもの——間違いなく、布地が焦げるにおい。

答えに気づいてもいいはずだっただろうか？　そうかもしれない。今ならわたしにも答えがはっきりとわかる。

わたしは階段を調べられなかった。昨夜は開いた二階の廊下の奥にあるドアの鍵の合い鍵が、使えなくなったという単純な理由だ。すぐには状況が理解できず、鍵をいじくり回しながらばかみたいに突っ立っていた。ドアは向こう側からかんぬきがかけられていたのだ。当てもなく主階段を下り、一階から裏階段へ通じるドアを開けようとしてみた。それも施錠されていた。完全にお手上げだった。見つけた限りでは、ほかに裏階段へ行ける唯一の入り口は鉄格子のはまった窓を通り抜けることだけだ。

引き返そうと向きを変えると、めちゃくちゃに壊れたわたしの懐中電灯が廊下のテーブルに置いてあるのが目に留まった。わたしはそれを手に取らなかった。

一階はどこもかしこも荒れ果てていた。居間と書斎は相変わらず乱雑な状態で、何もないむき出しの床だ。空気はどこもかしこも淀んで重苦しい。窓はすべて閉じられていた。わたしは部屋から部屋へとぶらぶら歩きまわり、言い訳にするために書斎から本を一冊持ち出すと、その奥のドアを開けようとしてみた。鍵がかかっていた。始めはドアの向こうで何かが動いたように思ったが、もし、住んでいるものがいたとしても、動く気配は二度と感じられなかった。なのに、ドアの反対側で何者かがわたしと同じように耳をそばだてている気配をはっきりと感じた。真っ昼間だったが、ドアから離れて部屋を出て、広い廊下に向かった。昨夜の件から神経が回復していないのは間違いなかった。

その夜は七時半にミスター・パットンと会う約束だった。七時にミセス・リードから解放されたときには三十分の余裕があった。そこで水の出ない噴水が中央にあるボーリガード・ガーデンで時間をつぶした。魅力的な場所で、木々はまだ黒っぽいとはいえ、新芽がうっすらと出始めている。庭を縁取る花壇には早咲きの春の花が植えられ、小道は整然とし、まわりにはボーリガード・スクエアに建つ堅固で威厳のある家々の裏側がずらりと並んでいた。わたしは噴水の縁石に腰を下ろし、リード家を観察した。上の階の窓はマドモアゼルの部屋だろう。日除けが引き上げられていたが、光はまったく漏れてこないし、窓が明るくなることもなかった。囚人は——かんぬきや鍵がかけられて閉じ込められているのだから、どう見ても彼女は囚人だろう——暗闇の中で座っているに違いない。まだ神父に会いたいと願っているだろうか？　食べ物は与えられたのか？　あの「来ました」というのが何であれ、それが来るのではないか、と相変わらずドアの向こうで耳を澄ましているのだろうか？

ほかの家はどこも窓を開け放っていた。春の風にカーテンが緩やかにそよいでいる。夕食の時間が近いという、いかにも楽しげな気配が漂っていた。使用人たちは動きまわり、サラダを混ぜている執事の堂々としたシャツの胸元が輝き、ダイニングルームのテーブルに置かれた蠟燭の暖かな光が花々に反射して柔らかく輝いている。ただ一軒、リードの屋敷だけが明かりもつけず、不吉と言っていいほど陰鬱な雰囲気をたたえていた。

ボーリガード・スクエア界隈の夕食は早かった。それが伝統なのだろう。食事を早めに済ませれば、劇場やオペラにさっさと行けるし、使用人には夜に少しばかりの休憩を与えられると考えられているのだ。そんなわけで、七時を少しまわったばかりなのに、テーブルのパン屑を捨てるお馴染みの夜の光景が見られ始めた。黒人の執事が出てくると、詫びの言葉をつぶやきながらわたしに頭を下げ、銀製のトレイの中身を水盤に捨てた。すると、かわいらしい混血《ムラート》の女が現れ、パン屑を優雅なしぐさで投げ捨てて執事に歯を見せて笑いかけた。

そのあとの五分間、わたしは一人きりだった。

次にノラがやってきた。前に通りで会った女だ。わたしを見ると、何やら勝ち誇った表情でそばに寄ってきた。

「そう、結局、あたしはこのスクエアに戻ってきたのよ」彼女は言った。「しかも、リードのお屋敷よりもいい家にね。世話しなきゃならない年寄りもいないし」

「あなたが落ち着き先を見つけることができてとてもよかったわ、ノラ」

ノラは声をひそめた。「あたしは逃げただけ」彼女は言った。「あの屋敷に残っていた娘が、ここにいちゃだめと言ったのよ。彼女は怯えていた。なんかおかしなことがいろいろとあったの。だからって、あたしは幽霊だのなんだのを信じてるわけじゃないけど。でもね、田舎にいるあたしの母親には予知能力があったのよ。だから、もし何かが起こるなら、あたしにはわかるに違いないのよ」

ノラの話はなんとも励まされるものだったが、当然ながら目新しい情報ではなかった。でも、ボーリガード・スクエアの使用人たちがパニックに駆られたことを示す話だった。階下ですごす全使用人が不安を感じていた。それは最近入ったばかりの料理人が自分のお茶を用意しようと地下の台所に行ったら、ドアに鍵がかけられ、向こう側に明かりが見えたという話から始まった。別のメイドが紅茶の缶を勝手に使っているのではと疑った料理人が忍び足で屋敷の外に出ると、灰色の人影が台所の隅にうずくまっているのをはっきりと目撃した。料理人は執事を呼び、二人で地下を徹底的に調べたが、何も変わったことはなかった。屋敷からなくなったものはなかったそうだ。

「その人影は何度も目撃されたのよ」ノラは話を締めくくった。「マッケナ家の執事のジョセフはまさにここで例の人影を見たの。足音もたてずに歩いてきて、あっちにある街灯がそいつの体をすり抜けて輝いてたとか。向こうのスマイス家では、遅く帰ってきた洗濯女が朝に備えて服を水に漬けておこうと地下に下りたら、階段でそいつに出くわしてたちまち気絶したそうよ」

わたしは熱心に聞き入った。「みんなはその人影を何だと思っているの？」そう尋ねた。

ノラは肩をすくめ、トレイを取り上げた。

「あたしは言いたかないし、みんなだってそうでしょう。でも、もしも人が殺されたら、葬式が済んでちゃんと埋葬してもらうまで、亡霊となってうろつきまわることはよく知られてるから」

彼女はリード家をちらっと見やった。「たとえばだけど」ノラは強い口調で訊いた。「マドモアゼルはどこにいるのよ？」

「彼女は生きています」わたしは幾分きつい声で言った。「それに、あなたの言っていることが本当だとしても、どうしてマドモアゼルが地下をうろつきまわらなきゃならないの？　とてもばかげているわよ、ノラ。洗い桶やら何やらを亡霊が持って、湿っぽい貯蔵室や洗濯室を歩きまわるなんて」

「だけど」ノラは言い返した。「亡霊が冷たい墓石に座るのだってばかげてるじゃない。なのに、亡霊が座るのはたいてい墓石でしょう？」


その夜、ミスター・パットンは真剣な顔でわたしの話を聞いていた。

「気に食わんな」わたしが話し終えると、彼は言った。「もちろん、階段にあった生首というのはナンセンスだ。きみの神経はぼろぼろだっただろうし、どんな人間でも錯覚を起こす。だが、そのフランス女については……」

「彼女の存在を信じるなら、生首のことも信じてくださいな」ぴしゃりと言ってやった。「ちゃんとあったのよ。胴体のない頭で、それがわたしを見上げたの」

わたしたちは静かな通りを歩いていた。ミスター・パットンは前かがみになり、わたしの手首を取った。

「脈が速くなっているな」彼は言った。「きみをあの家から連れ出すつもりだよ、絶対にだ。最も優秀な助手を失うわけにはいかないからな。きみは危険な状態だ、ミス・アダムス。客観的な見方ができなくなっている」

「できないのは我慢よ！」わたしは切り返した。「これがどういうことかわかるまではあの家を離れませんからね。あなたが玄関のベルを鳴らして、屋敷の者にわたしがスパイだと告げるまでは」

わたしの意志が固いと見て取り、ミスター・パットンはあきらめたが、最後に一撃を加えずにはいられなかったらしい。

「わたしはきみの友達に対して責任があるんだ」彼は言った。「もし、きみの身に何か起きたら、わたしを撃ってやると思っている若い男がいるだろう。撃たれたくないからな。普通の仕事だけで充分に撃たれる危険はあるんだ」

「若い男なんていないわよ」わたしはそっけなく言った。

「地下室は見たのかい？」

「いいえ、どこも鍵がかかっているの」

「裏階段は上から下まで通じているのか？」

「まったくわかりません」

「きみは屋敷内にいるんだから、屋敷に忍び込むのにいちばんいい方法を思いつかないかい？　夫のリードは一晩中見張っているのか？」

「たぶん、そうね」

「興味が持てそうなことを知らせておこう」最後にミスター・パットンは言った。「昨夜、信頼できる男を一人送り込んで、リード家にこっそり侵入させたんだが、彼は失敗した。地下室の窓から片足を差し入れたら、危うく抜けなくなりそうだった。リードが暗い中、窓のすぐ内側にいたんだ」ミスター・パットンは少し笑ったものの、失敗にいらだっているのだろうとわたしは思った。

「その人が侵入に成功したとしても、何も見つからなかったと思うけれど。犯罪なんてない、とわたしは確信しているのよ、ミスター・パットン。間違いなくね。でも、あの屋敷には何らかの脅威が感じられるの」

「危険があるとしたらなぜ、リードの妻はとどまり続け、子どもたちを家から遠ざけないんだ？」

「彼女は夫のそばから離れることを恐れているのだと思うの。ミスター・リードが絶望的になっていると感じられるときがあるから」

「奴が家から出ることはあるのかい？」

「ないと思います。もっとも――」

「何だ?」

「彼がほかの家で地下室の亡霊となっているときは別でしょうけれど」

ゆっくり歩いていたミスター・パットンは立ち止まり、それについて考えた。

「あり得るな。そういうことなら今夜、庭で待ち伏せして、リードが出てきたら縛り上げてやろう。強盗めいたことをする羽目になるだろうな。警察はまだ屋敷に踏み込むだけの証拠を手に入れていないんだ。だが、ほかの家に侵入している奴を見つけたら、その場で逮捕できる。もちろん釈放するが、時間は稼げる。事態を収拾したいんだ。あの家にきみがいる間は気が休まらない」

その晩、わたしが自室の窓辺で待ち受けることで話はまとまった。そして合図があったら、わたしは下へ行って玄関のドアを開ける。言うまでもなく、すべては夜になってミスター・リードがいつ出かけるのかという状況次第だ。それが唯一のチャンスだった。

「あの家はまるで砦みたいに入りにくいんだ」別れ際にミスター・パットンが言った。「格子がはまった窓なんか入れる見込みがないよ。昨夜、試してみたんだが」

第六章

ボーリガード・スクエアの屋敷での最後の夜に関するわたしの記録はずいぶん混乱している。当時書いた部分もあれば、ついさっき書いた部分もある。たとえば、新聞記事の切り抜きの端にこんなふうに書いている。

〝明らかにこれがその記事だ。Rはこれを読んで蒼白になった。そして妻に新聞を読ませはしなかったのだ〟

その切り抜きはボーリガード・スクエアに住むある家族の、スマイスという年配の紳士が急死したことに関するものだ。

次の記録は走り書きといった感じではなく、患者の症状を記入する黄色の紙に書いてある。かなり折りたたまれていた。おそらく、わたしのエプロンのベルト部分に押し込められていたのだろう。

〝もし、裏階段がすべて向こう側からかんぬきがかけられていたら、リード夫妻のどちらかの仕業だろうが、施錠した人物はどうやって屋敷の中央部に戻ってきたのか？　それとも、かんぬきをかけたのはマドモアゼルだったのか？　もし、マドモアゼルの仕業なら、彼女は囚われの身ではなく、部屋の外側のかんぬきは閉まっていなかったことになる〟

〝今夜の十一時、ハリーは耳が痛くなって目を覚ました。わたしは台所へ行き、モウズイカ油とアヘンチンキを温めた。ミセス・リードがハリーに付き添ったが、夫のほうは姿が見えなかった。わたしは書斎に滑り込むと、奥の部屋へ通じるドアを合い鍵で開けた。家具はあったが、がらんとした部屋で、大きな箱が一つ置いてあった。蓋には小さな空気穴がいくつも開いていて、鋼鉄製の留め金がかけられていた。だが、それ以上調べる時間はなかった〟

〝一時。ハリーは眠っていて、母親は息子のベッドの足元でうたた寝している。裏階段へ行く方法を見つけた。庭から地下室に通じる階段があるのだ。裏階段は地下貯蔵室へつながっているに違いない。となると、地下貯蔵室のドアは鍵がかかっているだけで、内側からかんぬきはかかっていないだろう。地下貯蔵室へ入ってみよう〟

次の紙は殴り書きだった。

〝地下室に通じる外階段には行けない。一階をミスター・リードがうろついているのだ。わたしはハリーの状態を彼に知らせ、また階上に戻った。裏階段へ行かなければ〟

その晩のかなり立派で古い屋敷の状況をごくわずかにせよ、伝えることができただろうか。屋敷を覆う恐怖の気配、よそ者で図太い神経の持ち主のわたしですらぞっとした、強い恐怖。暗闇をひどく怖がっているかのような、異常なほど明るい照明。ひそひそ声、鍵のかかったドアと階段、そして凝視している目。三階でわけのわからないことを話すフランス女、死んだ金魚と犬。つねに心にとどまっていたのは裏階段でのおぞましい光景と、足の上を横切った何かだった。

二時にミスター・パットンを見かけた。彼でないとしても、通りの向かいの公園にいる護衛の誰かがこの屋敷へ速足で歩いてきて、角を曲がり、裏手の庭に姿を消した。合図はなかったけれど、ミスター・リードが家を出たのだと確信した。妻のほうは相変わらずハリーのベッドの向こうで眠っている。わたしは部屋から出てドアに鍵をかけ、子ども用寝室の鍵を持って出た。控え目に言っても好ましくない事態が避けられないのなら、ミセス・リードを巻き込む必要はない。

いつものように一階の廊下には照明が灯り、がらんとしていた。耳を澄ましたが、落ち着きのない足音は聞こえなかった。一階の廊下は好きになれない。わたしと裏階段の間にあるのは薄い木のドアだけで、今回の事件を考えれば、誰もが理解してくれるだろう。胴体なしで動きまわれる生首にとって、ドアなど何の障害にもならないのだと。玄関ドアの鍵を開けながら、わたしは振り返った。戸外に出ると、呼吸するのが少し楽になった。

わたしは制服の上に黒いアルスター外套を着て、リボルバーと合い鍵を持っていた。もちろん、懐中電灯はもうわたしの手元にはない。懐中電灯があればよかったのにとつくづく思った。でも、恐ろしさを感じながらも、その頃には裏階段にたどり着くことにとりつかれていた。謎を解くため、裏階段に何が隠されているのか知りたくてたまらなかったのだ。外壁から離れないよう注意しながら屋敷のまわりを歩き、庭に着いた。夜といっても町中の夜だから、完全な漆黒の闇ではない。地下への階段の上でためらっていると、木々の間をさまざまな影が動いているように見えた。

地下室のドアには鍵がかかっておらず、開いていた。予想外だったので、どちらかと言えば余計に落ち着かなくなった。箱入りマッチを持っていたし、飢えた人間が食べ物を求めるように、わたしは明かりがほしかった。でも、マッチを擦るわけにはいかない。勇気を振り絞って進むだけだった。始めのうちは通路が狭く、白漆喰を塗った石壁が冷たく、ごつごつしたものに感じられた。それから空間が広くなったが、依然として真っ暗だった。暗闇よりも始末が悪いのは、何かが床を引っかき、這いまわっていることだ。

そのときマッチを擦ると、白いものが隅にぱっと浮かび、消えた。両手が震えていたが、どうにかガスランプに点火し、自分が洗濯室にいることを知った。上よりも狭い階段がここへ通じていて、ドアは閉じられている。

ドアには重そうなかんぬきがついていたものの、施錠されてはいなかった。

階段に上れるし、気持ちを奮い立たせてくれるガスランプもついた今、勇気が湧いてきて向こう見ずな気分になった。この地下貯蔵室のことを全部ミスター・パットンに話してあげよう。彼の優秀な手下たちはまだここに入れないようだが。ミスター・パットンのためにざっと見取り図を描かなくては。石炭入れ、洗濯桶、何もかも。たぶん賢明ではないけれど、ガスランプをつけているとまともになれた。ぞっとする暗闇を経験したあと、明かりのもとでは無謀なほど勇敢になれるのだった。

そんなわけで、前進し続けた。洗濯室からの明かりがわたしを照らしてくれる。マッチを擦り、じゃがいもの袋とミネラルウォーターの箱を見つけ、打ち捨てられた自転車に膝をしたたかぶつけ、石鹼の箱につまずいた。わたしは二度、以前に仰天させられた白い閃光を目の片隅にとらえたが、そちらを見ても何もない。とうとう、あるドアの前に着いて立ち止まった。奇妙なほど守りの堅いドアだった。斜めにしっかりと釘付けされた厚い板には胸騒ぎを覚えた。見つからずに侵入することなど不可能だとでもいうように、あらゆる割れ目と鍵穴に剝れにくい黄色の紙が貼ってある、不気味なドアだった。逃げ出したくもあり、このドアの向こうに何があるのかと想像して踏みとどまりたくもあった。裏階段で気づいた、あの風変わりで鼻をつんと刺すにおいがまたもや漂っている。

ドアからあとずさったのはわたしの心理状態のせいだろう。背を向けて逃げはしなかった。たとえ何があっても、ドアに背中を向けたくはない。

どうにかこうにか洗濯室へ引き返すと、身震いした。

二時十分だった。地下に来てから十分も経っていないのだ!

裏階段のことを思うと、動揺したわたしは怖気づいてしまった。冒険に乗り出すのを遅らせる口実に、ほかにもマッチの箱がないかと探したり、通路の端から音がしないかと耳を澄ましたりしたあげく、ようやくかんぬきを外してドアを開けた。圧倒されるほどの静寂だった。洗濯室で聞いたことのある小さな音がいろいろとしていた——蛇口から滴り落ちる水の音、ガスメーターが作動するこもったような音、棚に置かれた時計がカチカチいう音。そういった音から離れて、沈黙の中に踏み込むのは……。

下のほうの段に奇妙な道具が落ちていた。鋼鉄製のトングのようなもので、長さは二フィートほど。鋏のようにつながり、両端の挟む部分は五インチくらいだった。取り上げて明かりに向けて調べてみた。挟む部分の片方に血がついて、茶色がかった短い毛が付着している。わたしは身震いした。けれども、その頃から事の次第がわかり始めたのだと思う。もちろん、状況がすっかりわかったわけではないが、ぞっとするほどの静寂の中で階段を上りながら、頭の奥のどこかで何らかの説明が形を成し始めていた。きちんと考えたわけではなかった。一段一段と階段を上るたび、マッチを何度も擦るうち、ひとりでに答えが浮かんできたのだ。

一階に着いたけれど、何もなかった。踊り場には絨毯がなく、むき出しだった。今は一階にいるわけだ。家の中に通じるドアはどちらも慎重にかんぬきがかけられていた。わたしは廊下に出られるドアを開けて聞き耳を立てた。子どもたちのそばを離れて十五分経っていたから、気になっていたのだ。でも、何も異常はないようだった。

照明と見慣れた廊下を目にしたおかげで勇気が湧いてきた。結局、わたしが正しいのなら、階段にあった生首は目の錯覚でしかない。そして、わたしは間違っていない。証拠――トング――は手の中にあった。ドアを閉めてかんぬきをかけ、階段へ戻る道を捜した。今度はマッチを擦らなかった。残りはわずかだったし、上に伸びる階段は暗闇に沈んでいたが、踊り場には格子のはまった窓から少し光が入っていた。

一段目に足を載せたとたん、閉まったドアを両手で叩く音が頭上からいきなり聞こえた。それは爆発でもしたように静けさを破壊した。背筋を冷たいものが這い上がり、伝い降りた。しばらく動けなかった。フランス女に違いない！

頭には火事のことが浮かんだのだと思う。どこのドアも施錠されたその屋敷では、火事のことが頭から離れなかった。恐怖で胸が締めつけられ、必死に息をしたことを覚えている。それから、わたしは階段を上り始めた。重い足を運べるだけ速く――そのことを思い出す――全体の三分の一ほどまでたどり着いた。するとふいに空間が広がり、わたしは両手を突き出し、唇に悲鳴が凍りついた。そして――静寂。

わたしが気絶してしまったとは思わない。腕が体の下でねじ曲がった感覚、痛みと暗闇をずっと意識していたことは覚えている。自分のうめき声は聞こえていたけれど、まるで他人の声のようだった。ほかにもいろいろな音がしていたが、それほど気にならなかった。どこにいるのかさえ、知りたいとも思わなかったのだ。あまりの痛みに、まわりのことはほとんど意識しなかった。

何世紀も経ったと思われた頃、明かりが近づいてきて、どこか上のほうからわたしに掲げられた。すると、その明かりが言った。「やあ、気がついたぞ!」

「生きているのか?」聞き覚えのある声だったけれど、誰だか思い出せなかった。

「わからん。ああ、うめき声をあげているぞ」

自分がどこかへ運び出されるのを感じた。なおもトングを握り締めていたように思う。わたしはトングの上に倒れて顎を切ってしまったのだ。まだふらついていたが、自分で立てることに気づいた。屋敷の裏の廊下には今や煌々と照明が灯っていて、見たこともない男が一人、階段を調べている。

「階段が四段なくなっている」彼は言った。「蹴込み板と踏み板を取り去って、土台をのこぎりで落としてある。一種の罠だな」

折れたわたしの腕を調べていたミスター・パットンはその言葉にまるで注意を払わなかった。彼は階段の下にあいた穴に下りていった。まっすぐに立つと、段の上に彼の頭だけが覗いた。唇の痛みで血の気が失せていたにもかかわらず、わたしはヒステリックに声をあげて笑った。「生首！」そう叫んだ。

ミスター・パットンは小声で罵った。

わたしは半ば引き立てられ、半ば運ばれるようにして書斎に入った。ミスター・リードがいて、刑事に見張られている。ミスター・リードはいつもと同じように前かがみになり、両方の手のひらに顎を置いて座っていた。まぶしい明かりの中では哀れな姿だった。埃にまみれ、どうやら抵抗したらしく、服は乱れていた。ミスター・パットンはわたしを椅子に座らせ、ほかの部下に命じて近くの医者を呼びにやった。

「こちらの若いご婦人は」ミスター・パットンはそっけなくミスター・リードに言った。「あのいまいましい罠に落ちたんだ。あなたが裏階段に作った奴ですよ」

「階段は封鎖しておいたんだが、とにかく、彼女が怪我をしたことは申し訳なく思っています。わ、わたしの家内はショックを受けるでしょう。これがどういうことなのか、話していただけたらと思います。友人の家に行ったからといって、わたしを逮捕することはできないでしょう」

「スマイス家の人間を呼び寄せたら、あなたの無実を証明してくれるのですか？」

「もちろんですとも」ミスター・リードは言った。「わ、わたしはスマイス家の者たちと育ったんです。誰でも好きな人を呼んできてください」だが、彼の口調はあやふやだった。

ミスター・パットンはできるだけわたしを楽にさせてくれると、残っていた刑事を玄関ホールに追い出し、とらえている男のほうに向き直った。

「さて、リードさん」ミスター・パットンは言った。「分別のある振る舞いをしていただきたい。ここ数日間、ボーリガードにあるさまざまな屋敷の地下で人の姿が確認されていると、あなたのお友達のスマイス家の方たちが証言しています。今夜、我々は見張っていました。すると、あなたがスマイス家の地下に入るのを目撃した。あなたに関していくつか奇妙な点があることも我々はすでに把握しています。三十分の予告しか与えずに使用人をすべて解雇したことや、フランス人の家庭教師が失踪したことなどをね」

「マドモアゼル！　そんな、彼女は……」ミスター・リードは口をつぐんだ。

「今夜、あなたをここへ連れてきたとき、心の準備をさせるために奥さんを二階へ行かせてほしいと言いましたな。奥さんは閉じ込められていたわけです。それに看護婦は行方不明ときた。我々はようやく看護婦を見つけたが、やはり監禁されており、ひどい怪我をしていました。階段に仕掛けられた罠にかかったんです。誰かが、おそらくあなたが、何段か階段を取り去って作った罠にね。あなたを逮捕したくはないが、こうして関わったからにはすべての真相を明らかにするつもりですよ」

ミスター・リードは青ざめていたが、椅子に座ったまま背筋をまっすぐにした。

「スマイス家の者から通報があったんですね？」ミスター・リードは尋ねた。「一つだけ教えてください。老紳士を殺したのは、スマイス老人を殺したのは誰なんですか?」

「知りませんな」

「では、もう少し話を進めましょう」ミスター・リードの狡猾さときたら子どもっぽく、哀れなほどだった。「老人の死因は何です? それとも、そのこともご存じないとか?」

このときまでわたしはどちらかと言えば他人事のようにやり取りを見ていたが、自分の横にあるトングに視線を落とした。

「ミスター・リード」わたしは言った。「この件はあなただけでは手に負えないほど大きいものじゃありませんか?」

「何の件だ?」

「わたしの言っている意味はおわかりでしょう。あなたは自分たちをしっかりと守ったのでしょうが、たとえあなたがご存じのもののせいでスマイス老人が亡くなったのではなくても、次に何が起こるかわからないんですよ」

「奴らをほぼ捕まえたんだ」ミスター・リードは不機嫌な口調でつぶやいた。「あと一晩か二晩あれば、全部とらえられたのに」

「たとえそうだったとしても、被害は続くかもしれません。聖戦のようなものです。町は大騒ぎになるでしょう。今はもう、広く警戒を呼びかけるのが正しいのではありませんか?」

ミスター・パットンはそれ以上焦らされるのが我慢できなかった。「ミス・アダムス、もうそろそろ」彼は言った。「何のことを話しているのか、教えてくれてもいいんじゃないか」

ミスター・リードはどんよりしたまなざしでミスター・パットンを見上げた。「鼠です」彼は言った。「二十四匹逃げてしまった。その中には腺ペストにかかっているものがいます」

翌朝、わたしは入院した。それがいちばんだとミスター・パットンが考えたのだ。狭い下宿には看病してくれる人などいなかったし、腕の骨折箇所を固定したあとは痛みが弱まったとはいえ、まだ震えが止まらなかった。

その翌日の午後、ミスター・パットンが見舞いに来てくれた。わたしはベッドで体を起こしていた。髪を二本のお下げにし、目の下に大きな隈を作って。

「申し分なく快適にしていますよ」彼の問いにわたしは答えた。「でも、自分の年齢を感じてしまって。今日はわたしの誕生日なんです。三十歳になるの」

「思うに」ミスター・パットンは考え込むように言った。「わたしが百歳という円熟した年齢まで生きたとしても、三十歳のときのきみほど、種々雑多な情報を頭に詰め込めるだろうか！」

「わたしほど？　どういうこと？」わたしはかなり弱々しい声で言った。

「きみだよ。たとえば、いったいどうして、ああいうトングのことを知っていたんだ？」

「とても簡単なことです。病院の研究室であんな感じのものを見たことがあったのよ。もちろん、ミスター・リードがどんな動物を扱っていたかはわからなかったけれど、灰色がかった茶色の毛は鼠みたいだった。地下室が研究室になっていたに違いないわね。地下室が燻煙消毒されたことはわかったの、紙で封印されていたから。鍵穴の上までね」

そんなわけで、ミスター・パットンはわたしの傍らに腰を下ろし、ミスター・リードから聞き出した話を披露してくれた。英国の科学雑誌に、腺ペストに苦しめられている東方の国が、抗ペスト血清に多額の報奨金を出すという記事が載った。ミスター・リードは地下の研究室で細菌学の研究をしていた。モルモットや結核菌を扱っていたが、彼は借金を抱えていた。雑誌にあった話は絶好の機会だったのだ。

「あいつは自分のやっていたことが正しいと思っているようだ」ミスター・パットンは言った。「蓋に穴を開けた亜鉛製の深い缶に二十匹の生き物を飼っていた。腺ペストは鼠にたかる蚤を媒介にして広がるとリードは言っている。そこで彼は缶の蓋にモスリンの布もかぶせた。一つの缶には腺ペストにかかった鼠が入っていた。病気にかかった六匹だ。ある日、例のフランス女が洗濯桶で犬を入浴させようとすると、犬が逃げ出してしまった。どういうわけか研究室のドアが開いていて、犬は缶の間を走りまわってひっくり返してしまったんだ。たちまち鼠はすべて逃げ出した。フランス女は取り乱した。ドアを閉め、鼠たちを缶に戻そうとした。鼠の一匹が彼女の足を嚙んだ。犬は嚙まれなかったが、蚤の問題があった。

「とにかく、鼠たちが逃げてしまい、マドモアゼルは自室にこもって腺ペストで死ぬ運命になった。彼女は忠実な年寄りだった。雇い主たちに医者を呼ばせようとしなかったんだ。そんなことをすれば事態が発覚してしまうし、結局、医者にも打つ手はないだろう？　だが、リードが血清を打ったので、彼女は死ななかった。

「リードは半狂乱になった。夫人は家を離れようとしなかった。介護をしなければならないフランス女がいるし、おそらく夫人は夫が自暴自棄になって何かしでかすのではと恐れたのだろう。

状況を考えれば、夫妻は子どもたちのためにできる限りのことをした。蚤を恐れてほとんどの絨毯を焼却し、あらゆるところに毒を撒いた。もちろん、罠も仕掛けた。

「リードは鼠の首に真鍮の札をつけておいた。そして何匹かを捕獲した――腺ペストに感染していない鼠だったが。たぶん、ほかの鼠は死んでしまったのだろう。だが、リードはそこでやめられなかった。疫病が広がらなかったことを確かめなければならなかったんだ。夫妻の恐怖をさらに大きくしたのは、通りに沿って埋めてある下水管で新たに鼠が増えたことだった。鼠どもが屋敷に入ってきたんだ。鼠は一階のあらゆる場所で見つかった。奴らは階段すら上った。リードの話ではきみがやってきた晩、ばかでかい鼠を主階段で捕まえたそうだよ。病原菌を持った蚤たちが、死んだ鼠から逃げ出して新しい獲物に移る危険はつねにあった。夫妻は残っていた絨毯もすべて焼却した。さまざまな苦しみに追い打ちをかけたのが、まぎれもなく腺ペストの症状が出た犬のチャンを殺さなければならなかったことだ」

「あの壊れた階段のことは？」わたしは尋ねた。「それに、マドモアゼルが言っていた、上がってくるというのは何のことなの？」

「階段を壊した理由は二つある。鼠どもが上れないようにするためと、リードが言うには、階段の下に罠を仕掛けるためだ。札のついた鼠を二匹捕まえたそうだよ。マドモアゼルについてだが、上がってきたというのは熱のことだ。ただもう恐ろしかったんだな。きみが見た生首は哀れなリード本人だったよ。病原菌除けにガーゼに体を包み、罠を仕掛けていたんだ。隣近所の地下室でたくさんの鼠を捕まえたし、庭でも何匹かとらえたそうだ」

「でも、なぜなの」わたしは強い口調で尋ねた。「なぜ、彼はこの件を誰にも知らせなかったの?」

ミスター・パットンは声をあげて笑い、肩をすくめた。

「町の住民の健康に害を及ぼすことをしてしまったなんて、発表したい人間はいないよ」

「だけど、わたしが倒れたのは、昨晩のことですよね? 上のほうで誰かがドアを激しく叩いていました。火事になったんだと思った」

「あのフランス女はリードを待ち伏せしている我々を窓から見つけた。彼女は狂っていたんだ」

「腺ペストの心配はもうなくなったの?」

「とんでもない」ミスター・パットンは陽気な口調で答えた。「疫病は流行り始めたばかりかもしれない。我々はリードの名を伏せているが、衛生局は市民に警告を発表した。わたし個人としては、腺ペストにかかったリードの鼠たちはどこにも病気をうつさずに死んだと思っている」

「でも、蓋がついた大きな箱があったのよ――」

「フェレットだ」ミスター・パットンはきっぱりと言った。「ピンク色の目をした見事な白いフェレットで、鼠を好むんだよ」彼はきっちりと包帯を巻いた親指を掲げてみせた。「庭で我々に捕まったとき、リードはコートの下に二匹のフェレットを抱えていた。おそらく裏階段できみがリードを驚かせたとき、フェレットの一匹がきみの足を通り過ぎたんだろう」

わたしの顔から血の気が引いた。「でも、もしそのフェレットたちが腺ペストになっていたら!」声を張り上げた。「それに、あなたは噛まれてしまったんじゃ……」

「看護婦が最初に学ぶべきなのは」——ミスター・パットンはにっこりしながら身を乗り出した。「患者を不安にさせないことだ」

「でも、あなたは危険性を理解してないのよ」捨て鉢な気分で言った。「ああ、男の人にもう少し良識があればいいのに！」

「じゃ、わたしは何か恐ろしい羽目になるのかい？　もしかして、親指を切断しなくてはならないとか？」

わたしは返事をしなかった。枕に背中をもたせ、目を閉じる。わたしはミスター・パットンに腺ペストをうつしてしまった。彼が死んで、埋められることになったら。そのとき、ミスター・パットンがまた口を開いた。

「きみの顎だがな」彼は言った。「思っていたほどきつい感じではないよ。輪郭は気が強そうにみえるが、えくぼがある……かわいそうに。本当に心配しているのかい？」

「あなたなんて大嫌い」わたしは腹を立てて言った。「でも誰であっても、被害に遭うのは見たくないのよ」

「だったら打ち明けるとするか。きみの気持ちを悩みからそらしたかったんだ。たしかに嚙まれはしたが、危険はない。一度も外に出たことのないフェレットにやられたんだよ」

わたしはそれっきり彼と口をきかなかった。怒りで煮えくり返っていたのだ。ミスター・パットンはしばらく立ったままこちらを見下ろしていた。それから思いがけないことに、身をかがめ、包帯を巻いたわたしの腕に唇を寄せた。

「かわいそうな腕だ！」彼は言った。「かわいそうで勇敢な細腕だな！」そして爪先立ちで病室から出ていった。その背中はなんだか恥ずかしそうだった。

訳者あとがき

メアリー・ロバーツ・ラインハート（一八七六～一九五八）の『ヒルダ・アダムスの事件簿』をお届けします。本書は二〇二〇年三月に刊行された『憑りつかれた老婦人』（*Haunted Lady*）と同じ、*Miss Pinkerton Adventures of a Nurse Detective*（一九五九年刊行）中の *The Buckled Bag* および *Locked Doors* を全訳したものです。

この二作品を収めた作品集は、一九三三年に *Mary Roberts Rinehart's Crime Book* として刊行されています。

『憑りつかれた老婦人』では三十八歳になり、看護婦としても探偵としてもベテランの落ち着きを見せていたヒルダ・アダムスですが、本書ではもっと若い彼女が描かれています。この本に収められた二篇について簡単にお話ししましょう。

『バックルの付いたバッグ』はヒルダ・アダムス初登場の作品です。病院で看護婦をしていたヒルダはもうすぐ三十歳。このまま今の仕事を続けて年を重ねるだけでいいのかと、自身の人生について悩んでいました。そんなとき、ヒルダはミスター・パットンと出会い、警察の仕事を手伝わないかと提案されます。こうして、「看護婦探偵ヒルダ・アダムス」が誕生することになったのです。

そして、ヒルダに初めての事件の依頼が舞い込みます。それは裕福なマーチ家の一人娘、クレアの失踪事件でした。クレアが失踪して五週間も経ってからの依頼で、手がかりもほとんどありません。クレアは誘拐されたとも思われず、婚約者のいる彼女がほかの誰かと駆け落ちしたとも考えられませんでした。クレアはもう死んでいるのかもしれません。ヒルダはクレアの母親の看護婦としてマーチ家に潜入し、孤軍奮闘することになります。ヒルダの初めての事件は成功に終わるのでしょうか？　それとも……。

『鍵のかかったドア』では『バックルの付いたバッグ』から半年ほど過ぎたヒルダの活躍ぶりが描かれます。なんと、その間の半年間に六件も事件を担当したというヒルダ。経験を積んだだけあって、ヒルダも探偵としての仕事が板についてきたようです。そんなヒルダが今度扱うことになったのは、閑静な住宅地に住むリード家での事件でした。幼い男の子二人の世話をするという名目でリード家に潜り込んだヒルダは、この家の異様さに気づきます。立派な家具調度品がでたらめに置かれ、敷物類はすべて剥がされた家。家じゅうに照明がともって明るいのに、奇妙なほど空虚な感じです。若いリード夫妻は何かに怯えているようで、子どもたちも屋敷の中に閉じ込められたまま。そしてどうやらフランス人の家庭教師がこの家に幽閉されているようなのです。いったいここでは何が起きているの？　ヒルダは謎を解き明かしていきます。

著者のラインハートは「Had I But Known（もし、わたしが知ってさえいたら＝HIBK）派」の創始者と呼ばれています。あの時にわたしが重大な事実を知ってさえいたら、その後の事件は起こらなかっただろうに、何か打つ手はあっただろうにという語りが特徴的です。代表作の『螺旋階段』（一九〇八年）はベストセラーとなり、これは一九二〇年に『バット』の名で戯曲化もされました。ラインハートはピッツバーグ看護婦養成所で看護婦としての訓練を受け、のちには医師と結婚したという経歴を持っています。その彼女の知識や経験がよく生かされたのが、このヒルダ・アダムスのシリーズでしょう。

「看護婦とは、人間の本質をよくわかっている存在。看護婦は悪に屈してしまう心や、人の命を銃で奪うゆがんだ動機も心得ている」と述べるヒルダは、人間の心の弱さや陰の部分を理解しています。看護婦として患者の心身を回復させようと努める表の顔とともに、探偵として社会の害悪と戦う裏の顔も持つという二重生活を送るヒルダ。優れた能力ゆえに、ミスター・パットンから「ミス・ピンカートン」とあだ名をつけられるほどの彼女ですが、二重の役割に苦悩することもあります。患者から聞いた秘密をほかに漏らしてもいいものなのか、犯罪者を捕まえるためならやむを得ないのかと悩まずにはいられません。『バックルの付いたバッグ』も『鍵のかかったドア』もヒルダの視点による一人称で描かれた作品です。そのため、本書の前に刊行された、三人称で書かれた『憑りつかれた老婦人』よりもヒルダの心の動きがよくわかるものになっています。仕事を持って自立しているけれど、「もうじき三十歳」と自覚したヒルダが新たな冒険を決意する姿は、働く女性の共感を呼ぶことでしょう。

また、ラインハートは迫りくる恐怖を読者に予感させるサスペンスの技法に定評がありますが、彼女のテクニックは本書の二篇にも見られます。特に『鍵のかかったドア』は正体がわからないものへの恐怖がじっくりと描かれ、ラインハートの面目躍如といったところでしょう。その恐怖は、細菌やウイルスといった目に見えないものに怯える現代のわたしたちにも通じるものではないでしょうか。

ここでお断りしておきたいことがあります。現代では「看護師」という言い方が一般的な職業名を「看護婦」とするなど、本書では古い表現が用いられていますが、刊行当時の時代を考慮しました。また、本書に登場する「ミスター・パットン」は『憑りつかれた老婦人』では「パットン警視」となっています。この本では原文を重視し、「ミスター・パットン」としましたが、同一人物です。

今よりものんびりしていた時代の雰囲気を味わいながら、「ミス・ピンカートン」ことヒルダ・アダムスの事件を楽しんでいただきたいと思います。

〔著者〕
M・R・ラインハート
本名メアリー・ロバーツ・ラインハート。アメリカ、ペンシルベニア州ピッツバーグ生まれ。迫りくる恐怖を読者に予感させるサスペンスの技法には定評があり、〈HIBK（もしも知ってさえいたら）〉派の創始者とも称された。晩年まで創作意欲は衰えず、The Swimming Pool（52）はベストセラーとなり、短編集 The Frightened Wife（53）でアメリカ探偵作家クラブ特別賞を受賞。代表作の『螺旋階段』（08）は『バット』（31）のタイトルで戯曲化されている。

〔訳者〕
金井真弓（かない・まゆみ）
翻訳家、大学非常勤講師。千葉大学大学院人文社会科学研究科修士課程修了。大妻女子大学大学院人間文化研究科博士課程満期退学。おもな訳書に『クリミナル・タウン』（早川書房）、『マリア・シャラポワ自伝』（文藝春秋）などがある。

ヒルダ・アダムスの事件簿《じけんぼ》
——論創海外ミステリ 249

2020年4月30日 初版第1刷印刷
2020年5月10日 初版第1刷発行

著 者 M・R・ラインハート
訳 者 金井真弓
装 丁 奥定泰之
発行人 森下紀夫
発行所 論 創 社

〒101-0051 東京都千代田区神田神保町2-23 北井ビル
TEL:03-3264-5254 FAX:03-3264-5232 振替口座 00160-1-155266
WEB:http://www.ronso.co.jp

印刷・製本 中央精版印刷
組版 フレックスアート

ISBN978-4-8460-1932-7
落丁・乱丁本はお取り替えいたします

論　創　社

バービカンの秘密◉J・S・フレッチャー
論創海外ミステリ243　英国ミステリ界の大立者J・S・フレッチャーによる珠玉の名編十五作を収めた短編集。戦前に翻訳された傑作「市長室の殺人」も新訳で収録！
本体3600円

陰謀の島◉マイケル・イネス
論創海外ミステリ244　奇妙な盗難、魔女の暗躍、多重人格の娘。無関係に見えるパズルのピースが揃ったとき、世界支配の陰謀が明かされる。《アプルビイ警部》シリーズの異色作を初邦訳！
本体3200円

ある醜聞◉ベルトン・コップ
論創海外ミステリ245　警察内部の醜聞に翻弄されるアーミテージ警部補。権力の墓穴は“どこ”にある？警察関連のノンフィクションでも手腕を発揮したベルトン・コップ、60年ぶりの長編邦訳。
本体2000円

亀は死を招く◉エリザベス・フェラーズ
論創海外ミステリ246　失われた富、朽ちた難破船、廃墟ホテル。戦争で婚約者を失った女性ジャーナリストを見舞う惨禍と逃げ出した亀を繋ぐ“失われた輪”を探し出せ！
本体2500円

ポンコツ競走馬の秘密◉フランク・グルーバー
論創海外ミステリ247　ひょんな事から駄馬の馬主となったお気楽ジョニー。狙うは大穴、一攫千金！　抱腹絶倒のユーモア・ミステリ〈ジョニー＆サム〉シリーズ第六作を初邦訳。
本体2200円

憑りつかれた老婦人◉M・R・ラインハート
論創海外ミステリ248　閉め切った部屋に出没する蝙蝠は老婦人の妄想が見せる幻影か？　看護婦探偵ヒルダ・アダムスが調査に乗り出す。シリーズ第二長編「おびえる女」を58年ぶりに完訳。
本体2800円

死の濃霧　延原謙翻訳セレクション◉コナン・ドイル他
論創海外ミステリ250　日本で初めてアガサ・クリスティの作品を翻訳し、シャーロック・ホームズ物語を個人全訳した延原謙。その訳業を俯瞰する翻訳セレクション！
[編者＝中西裕]
本体3200円

好評発売中